KB158538

고백은 어째서 편지의 형식입니까?

오병량 시집

문학동네시인선 212 오병량

고백은 어째서 편지의 형식입니까?

시인의 말

봄 앞에 앉아,
나는 여태,
나의 주어가 못 되는 처지입니다.

당신의 마음은 잘 지내고 계신가요?

그립다,
죽겠습니다.

2024년 5월
오병량

교교에게

차례

시인의 말   005

1부 다만, 다만의 말로 쓴

봄눈   012
꿈의 독서   013
묻다   016
나들목   018
유독   020
다만, 다만의 말로 쓴   023
딸기와 고슴도치   026
입술은 어떻게 갈라졌고 왜 뼈처럼 부러지지   028
않는가
국수의 맛   032
말하는 법이 없었다   035
$E = mc^2$ 036
편지의 공원   037

2부 대단한 그루터기를 바란 것은 아니었지만

대공황   042

꿈꾸는 도살장   046

모조   048

녘   051

벽 하나의, 벽 하나의 종소리처럼   052

아령   056

무른 피   058

개척교회   060

레닌그라드의 집배원   062

그 가을 어떤 사진의 비탄적이며 퇴폐적인   064
분위기

일별   067

하루는 긴 이름   070

아니라면 안일한   073

목도리 사용법   075

3부 인간의 힘으로

자매결연   078

어쩌다 사슴   079

모조로 피는 장미   082

미란   084

대홍수   085

나는 최근에 운 적이 있다   088

새들이 노는 아지트   090

원두를 보는 아침   092

결벽   095

수리중   098

어린이날   100

진오기   102

첩의 딸   104

호랑이꽃   106

해설│상실 이후   111
   │고봉준(문학평론가)

1부

다만, 다만의 말로 쓴

봄눈

아마 나였을 것이다, 밤중에 빗을 든 사람은
그 역시 며칠을 밤새 중얼거리다 울고 말았을 것이다
어떻게 빈 종이만 쓰다듬는 중일까, 책상이 다 뜨거워지
도록
그는 다정했지만, 밑줄이 다 망가지도록 제 마음만 달랬다
바람인지, 바닥일지 모를 일이나 무언가는 쓸려와
여리게 밀려난다 빗소리였다
마음을 씻기는
줄곧 살아냈으나 끝끝내 사라지지 않을 늦밤
어미의 혀가 아이의 눈을 핥는다

꿈의 독서

방안을 살피는 일이
잠자리를 들추는 일이 아니기를
책을 살피는 일이 문장을 소독하는 일이
아닌 것처럼 눈의 검은자가
흰자위의 독백을 이해할 때
꿈이 찾는 조용한 가치들

선명한 여름인데 우리
찢긴 페이지처럼 갈피가 없어
너는 말없이 울고 빗물에 젖은 새처럼 흐느끼고
하마터면 내 눈에 쏟아질 것 같은 널 안고
팔베개를 해주었지
책을 보았는데, 꿈은
커다란 구렁이를 목에 휘감고 자는 일이래
그럼 무섭지 않아요?
너와 나 우리 모두가 그런 거라면
그렇지 않다고 나는 말해주었지
용기가 난 듯, 너는 넘어진 책장을 일으켜세운
지난밤 꿈 얘기를 했는데, 불길한 눈을 가진
계집애를 보았다고 분명
어려움이 닥칠 거라며, 그새 잠이 들고 말지만
아득하고 따스한 너를 어찌 사랑하지 않을 수 있겠니?
좋아하는 사람이 있어요, 네가 말하는 걸

나도 분명 들었으면서 잠이 들고 싶었지
내 옆에서, 나는 너와 만났고
꿈이면 어때, 널 끌어안은 내가
열린 입술로 다시 어두운 구멍으로 깊이 파묻힌대도
질식해도 좋아! 오독은 치유의 병이니까,
나는 자신이 들었던 거야

꿈이 무엇일까, 생각하다
참으로 오래된 직업 같다 여겨지는 날이었어
점자를 만들다 맹인이 된 한 남자를 떠올리면
눈이 새긴 다른 눈자위를 더듬다
눈이 먼 남자가 있다고 믿게 되면 목각은
눈보다 마음이 먼저 세운 일 같아
남몰래 우는 날보다 우는지도 모르게 자던 일이
더욱 꿈만 같은 너였지
꿈이 꿈을 덮는 일이 하루가
하루를 접는 일이 마치 구렁이의 머리를 물거나
꼬리를 먹고서 천천히 소화시키는 직업이라면
혀를 내밀며 똬리를 트는 몸짓은
잠결에 두고 간 누군가의 포옹일지도 모르겠다고 가만
가만히 눈을 맞추며 읽고 또 앓아야 했어
꿈이라는 독서를
왜? 너는 좋아하는 사람이 있어! 슬픈 고백은

꿈에서만 하기로
그러니 그 밤, 책을 꼭 안고 잠들면
너는 얇고 보드랍고
어떻게든 내 것 같았지

묻다

종일 마른 비 내리는 소리가 전부인 바다였다
욕실에는 벌레가 누워 있고 그것은 죽은 물처럼 얌전한
얼굴,
구겨진 얼굴을 거울에 비추면
혐오는 보이는 것보다 가까이에 있었다
나는 미개한 해변 위에 몇 통의 편지를 찢었다
날아가는 새들, 날개 없는 새들이 폭죽처럼 터지고
파도가 서로의 몸을 물고 내 발끝으로 와 죽어갔다
한번 죽은 것들이 다시 돌아와 죽기를 반복하는 백사장
에서
떠난 애인의 새로운 애인 따위가 그려졌다 다시
더러워지고는 했다

그대의 손등처럼 바스락거리는 벌레가 욕실에 있었다 벌
레는,
곱디고운 소름 같은 어느 여인의 잘라낸 머리칼 같았다
나는 위독한 여인 하나를 약봉지처럼 접고
오래도록 펴 보았다 많은 것이 보이고
슬펐으나 한결같이 흔한 것들뿐이었다
나는 애먼 얼굴을 거울 안에 그려두었다
잘린 머리칼을 제자리에 붙여주면 어여쁘고 흉한,
평화라고는 찾아볼 수 없는 위독한 미소의 여자가
커다란 가위를 든 채 거울 밖에 있었다

이 위태로움을 어찌 두고 갈 수 있을까? 그대여,
네가 죽었으면 좋겠어, 라고 쓴 그대의 편지를
두어 번 더 기억하며 해변을 따라 걸었다
슬픔에 비겁했다, 생각할수록 자꾸 여며지는 백사장
말하자면 그건 소용없는 커튼, 소용없는 커튼은
창밖을 곤히 지웠다 도무지 펄럭이지 않았다
파도는 죽어서도 다시 바다였다
죽을힘을 다해
죽는 연습을 하는 최초의 생명 같았다

나들목

갈피라는 말, 소매를 걷는 여자의 손목에서 본다
들머리에 닿은 흔적에는 변심한 애인의 입술 자국
얼핏 보았다 한 사람을 두 번 사랑하려고 그은
중앙선이 붉다 그 어름에 바리케이드
물결 같다 물살을 떠미는 구릉 같은
비가 왔나요? 하필 오늘 같은 날
여우비다 마스카라가 번져 눈빛을 올린다
그녀, 와이퍼가 닿지 않은 창으로
더러운 햇살을 쬐고 있다 그러다 문득, 이 노래 나도 알
아요!
신호를 놓쳤다 나를 알아요? 잘못 들어서
두고 온 우산 생각
관리사무소에서 전화가 왔어요 배관을 살펴본다고
수도세가 많이 나오는 전셋집, 주인은 전화를 받지 않고
왜, 이런 일이 벌어질까요?
모르겠다, 구멍난 우산을 누구에게 선물받았는지도
나는 여자가 바라보는 물가를 한없이 동요해본다
고장을 염려하는 집주인의 심정으로
배관공의 시선으로 다시, 젖어가는 하늘
끝없이 기다리는 것이 버거워서
큰일은 아니겠지요? 묻는
옛 애인의 축가를 부탁받은 여자 옆에서
신호를 지키고 있다 혀끝을 말아올린 경적 소리

눈을 꼭 감고 보니 뚝뚝 떨어지는
물소리 이 모든 범람 앞에서
물살이 가문 자리 그 붉은 손목에게
괜찮을 겁니다 목숨이 내릴 섭니다
창틈으로 옹얼옹얼 밀려오는 것들을 말하면서
비로소 건강해지는 피의 일을 나는 한다
흐르는 물은 평등한 누수
건강한 빛을 나는 안다
손목을 적신다

유독

— 쓸모를 생각하면 끄적이면 안 되는 것이나 가끔 불행을
지껄이면 환한 밤입니다 폭우에 떠내려가는 물소들 앙상한
빙하에서 어쩔 줄 모르는 곰과 입술보다 큰 눈망울이 선명
합니다 아이들은 아사합니다 시체를 한가로이 뜯고 있는 새
떼들, 그리워하는 마음도 없이 하늘을 보면 지저분한 먼지
와 빈 구름, 먼 나라의 전쟁이 있습니다 화염 속으로 투항하
는 몸들이 있습니다 그들은 모두 부리 없는 새들이었습니다
　가로등을 치받으며 제 몸의 날개를 부러뜨리는 벌레는 빛
의 잔해로 기억되지만 나방이 풀어놓는 살비듬에는 죽기 위
해 벗어두어야 하는 신발들이 있어 빛에 오르지 못하고 땅에
내린 몸들의 아늑한 집이 되기도 했습니다 우리는 함께 걷
지만 알 길이 없고 당신의 불행은 어째서 나의 생명일까요,

　잡풀과 잔해로 둘러싸인 유적지에서 누군가를 섬긴다는
건 스스로 아름답고 싶은 거겠지, 당신은 당신에게 말을 합
니다 우리는 복원되지 않고 나의 끄덕임은 당신에겐 부정입
니다 질문이 많은 사람이 줄곧 따르는 사람이어서 나는 여
러 번이나 믿었습니다 희망은 기념되지 않고 제 이름을 반
성하지 않습니다

　벌레의 날개를 하나 찢어 자신의 발등 위에 올리던 아이
와 그 아이의 발을 짓이기던 아이, 떨어진 날개를 주워 시
시하게 날리던 아이들은 학원에 가고 없습니다 저물녘 놀

이터 그네에 앉아 연립주택의 센서등이 켜질 때마다 따뜻해지곤 했습니다 가려운 등짝을 갖기 위해 나는 벌레를 선물한 사람입니다 불이 꺼질 때마다 잿빛 속으로 감추는 몸은 어둠의 회상과 다름없이시 잔영에 빠져 파르르 떨리던 눈은 희망의 주저흔입니다 아니라면 당신은 내가 저지른 자해일까요,

유적지의 폐장입니다 사람이 없어, 당신의 고백이 있기에 반드시 나는 있어야 할 곳으로 갑니다 나를 내다버리지 않고 제자리에 두고 가는 그네에 앉아 누구의 편도 아닌 누구에게나 흔들리는 편으로 출구와 입구가 동시에 있습니다 그래 이곳엔 살지 못하지, 내게 주문하는 나의 취지를 충분히 이해한다면 방문은 누락이 될 것입니다 굳이 쓸모를 생각한다면,

어딘지 모를, 당신이 잠든 집을 두리번거리면 세상은 유독 어둡고 유독 달가운 빛을 내어 더는 온전한 것이 없게 합니다 유리막 안에서 보는 밤의 이력은 빛이 애쓸 일 아닙니다

유인과 포획 그리고 섬멸의 빛이 쏟아지는 포충등을 바라보면

박멸되실 겁니다.

푸른 작업복을 입은 설치 기사는 입버릇처럼 말을 하지만

아세요?

다시 하루를 벌어 살아난다 해도
죽는 일이 잦아들지 않는 겁니다

다만, 다만의 말로 쓴

부서지는 일이 지겨워서 부드러워지는 것일까, 베개 같
은 두부
두부가 없는 아침 식탁 의자에 앉아
물 끓는 소리 듣는다

세상은 새들의 죽은 사체가 인간의 몸을 오염시켰다고
한다
그럼에도 연인들은 비 젖은 갈대밭으로 간다
오늘의 일기는 병든 새들이 두고 간 손톱으로 시작하지만
달아나, 이곳에 내려오지 마!
우산 없는 손으로 우산을 그리고 닫는 날씨다

철새들이 우거졌던 도래지에 앉아 초행길을 읊조리고
갈대밭으로 들어간 연인이 내게 묻던 시내의 방향과 갈대
가 눕는 그곳
죽은 새를 밟은 초행길의 신발을 털며 물컹한 몸과 물의
심장을,
차가운 면에 입김을 불어넣는 너의 얼굴을 생각했다
이것은 다만, 생각의 얼굴들
다만, 얼굴에 묻은 입술들 한마디로 끝나지 않는 저기 갈
대들이 멈춘 곳
엉덩이를 털고 일어나 다시 앉는 죽은 새들의 도래지였다

종일 울던 산비둘기와 까치, 굴뚝새가 없는 아침
　없는 것을 있다고 믿는 그리운 짓으로 물이 끓는다
　보이지 않는 물소리로 빨려들어가는 새들의 무리와
　솟아오르는 물의 돌멩이들 얼굴과 얼굴이 부딪고 깨지는
몸의 헤엄은
　꿈처럼 불길해서 불을 끈다 베개를 안고 울었지 뜨고 죽
은 눈들
　가서 달래줄 수 있을까?
　그럴 수가 없어서 다시 불을 켠다

　창에 비친 얼굴은 무엇도 간호하지 못하고
　빛을 들이받으며 나아가는 여자의 인상으로만 가득하다
　너는 이마를 주먹으로 때리는 사람,
　허락 없이 고장난 얼굴을 다그치는 힘의 주인
　손바닥이 젖어서 얼굴을 씻었다
　비 오고 추웠다
　언젠가 하룻밤 재워줄 수 있겠냐는 부탁을 거절하고서
　황급히 불을 끄던 방
　내 집 앞의 꽃 이름이 뭐냐고 묻기에
　춥다고 말하던 그 가을밤
　제발,
　오늘은 병든 새들의 손톱 같은 비가 내리는 아침
　다만, 다만의 입술로 살아보겠다는 비겁을 생각하였다

잠시만
병명 없는 병의 이름으로 죽음을 연명하다
다음에 병 없이 살겠다는 겁 없는 양심을 쓰고 지웠다

갈대밭의 연인이 옷깃을 여미고 나와 시내로 걸어간다
멀리서 가리키는 방향에 꼭 내가 앉아 있었다
새들이 날아가고 더러는 죽기도 하는 도래지에서
출입이 금지된 곳이니 나가달라는 말을 들었다
나는 출입이 금지된 사람 저 멀리의 연인을 가리키지만
당신은 출입이 금지된 사람, 관리인은 말하고
나를 잡아당겼다

딸기와 고슴도치

우리는 어느 저녁 바구니에 담긴 딸기를 고른다. 백열등이 촘촘한 시장의 좌판에서, 붉게 익은 딸기 앞에서, 먹어봐도 좋다는 주인은 인심이 좋은 사람이라고 여자는 믿는다. 이 지역의 사람들은 가난을 알고, 그래서 거짓말이 서툴지. 언젠가 내 볼의 그림자를 쓸어내리며 여자는 말했다. 물기가 군데군데 얽은 얼굴로 딸기가 맛있냐고 물었다.

하늘은 붉고 가끔 어둡고, 그 빛에 물들면 금방이라도 아플 것 같은 나의 여자는 별말이 없다. 생각나? 할머니가 그랬잖아. 네 엄마는 죽다, 살았어. 그런 사람은 오래 산다고…… 폭폭허던 봄날로부터 그 생생한 사투리는 죽었다. 이십 년도 더 됐다. 나는 이따금씩 딸기밭에 앉아 오줌 누는 소녀를 본다고 싱싱한 딸기를 든 여자에겐 말하지 않는다.

다만 포탄이 산발적으로 떨어지던 어느 봄날. 곧 죽을 딸애를 우물가에 버려둔 여자의 엄마에게서 들은 주인 잃은 철모와 초록의 군복들, 새벽녘 화농처럼 일어나던 불속의 얼굴 이야기를 기억해내곤 한다.

배곯은 딸애는 제 얼굴의 딱정이를 삼키며 밤을 지새웠다고 했다. 그런 여자의 얼굴에서 나는 세계의 울상을 보고 당시 엄마의 여자에게서 죽창으로 서로의 얼굴을 짓이기던 시대를 간혹 읽어도 냈지만 왈칵, 여자를 안아본 기억이 내게는 없다.

그러니 나는 한 시절에 대해 묻기보다 여자가 즐겨 보는 드라마 얘기나 한다. 가난한 남매의 역경에 대해 물으면, 봐야 알겠지, 여자는 건성으로 대답한다. 대신, 질실라고, 조금 더 작은 소리로 사는 건 다 똑같다고 한다.

그새 서녘은 여자의 얼굴 위에 앉아, 찬찬히 흘러간다. 붉게 패인 자리 하나하나마다 곰곰한 밥풀의 흔적이 남은 여자여! 분명한 나는 너의 웅덩이 하나, 아늑한 아궁이 한켠이거나 싱그러운 딸기의 꽃씨이니 어느 저녁이라도 우리는 꼭 만나게 될 거야.

약속은 자물쇠가 채워진 서랍 속의 연필처럼 요란한 소리를 낸다.

그러나 어느 날은 무턱대고 아주 오랜 일이 꺼내진다.

꺼낸 것이 영원히 해동되지 않은 채로 살아진다.

있잖아, 엄마…… 모든 것이 멈춰져서, 목숨을 기다리는 생명처럼, 열꽃 속의 갓난아이처럼 내가, 어린 날의 널 보면…… 마마, 눈물이 휘는 병을 앓았구나, 무서운 생각을 펼치다 여자와 눈이 맞는 길에 나는 있다.

물컹물컹한 저녁 길을 함께 걷는 중이다.

입술은 어떻게 갈라졌고 왜 뼈처럼 부러지지 않는가

창가의 환자는 바라본다
보이는 게 있다는 표정으로
바늘을 들고 발목을 두드리는 간호사
잘린 발가락에 입맞추는
비둘기도 그랬다
따뜻한 물 드릴까요?
따스한 물이 필요하다는 환자가
색색의 알약을 들고 간병인 앞에 멈춰 있다
녹아내릴 수 있을까,
따뜻한 말과 따스한 물과 따사로운 독성을 소망할 수 있
을까,
무릎을 깨닫기 위해 죽고 싶다는 사람을 일으키고
무릎을 안고 아직 살아 있을 사람의 마음을 헤아리면
쓸쓸한 발가락이 남았다
너도 나처럼 불쌍한 년이라던 엄마는 사랑한다
살아가는 일을 동정하려고 너는 자주 헐벗었다
눈 속의 돌멩이들이 발끝을 적시는 방안에서
손발 없는 바위처럼 웅크려
한참을 흔들렸다
무릎으로 들어가 절벽으로 내리는 얼굴들
널 닮은 엄마들
나의 애인들 모두가
불쌍한 년이었다

죽었으면 좋겠어, 날 증오한다는 사람의 발은 귀엽다
바닥을 바라보며 머리를 끄덕이는 바위의 잃어버린 발이
생각났다
이대로 굳어 동그란 몸이 되고 싶었다
흔들려야 하니까,

무릎 모으고 앉아 시린 발끝을 본다
도무지 살아짐이 용서되지 않는 한낮
볕에 몸 담글까, 죄를 씻길까, 허옇게 타오르는
봄의 눈밭은 더럽혀지려고 태어난 바탕이어서
결국, 피 묻은 손을 씻기는 내 손의 기만을
사랑하는 것이다
그 손의 온기가 어리는 볼마다 붉어
다시 사람을 사랑하려는 병증이 있다
그런 날, 나를 살해하는 생각만으로 단 한 번은
따스한 사람이 되고 싶었다
선생님, 제게 슬픈 일이 시작되고 있나봅니다
나는 지옥처럼 평화에 이르렀나봅니다

주무세요,
하품을 하면 눈물이 납니다
마음을 굳게 하시고

시린 손끝을 겨드랑이에 품고 앉아
나를 증오한다는 그대의 손가락을 생각했다
내 가는 뼈 사이를 헤집어도 좋으니 그대로 굳어
나를 좀 안아줬으면 하고 바랐다

꺼지지 않는 것들만이라도 부디 꿈이라 부르면 안 될까,
그래줄 리 없으니
손잡아도 돼? 습관처럼 물음을 깨우면서
굳은 마음을 가지고 눈을 감는다
눈꺼풀에 닿은 빛이 눈알을 깨트린다
커튼을 닫고
스위치를 내리는 간호사의 손
두드리면 열린다는 피의 길

손이 차가운 여자가 따스한 물을 건넨다
귓불을 만지고 있다
살아짐이 믿기지 않아 몸 만지는 손
살아감을 온전히 믿기 위해 만지던 살들은 누가 버린 몸
이려나,
죽은 사람의 말을 믿기 위해 입술을 매만지는 꿈이라면
뼈 없는 입술을 깨물며
그대 잠든 눈 위에 입술을 내리던 때가 내게도 있었다

아침에는 눈이 오리라
아침에는 눈이 왔었다
밤에는 눈을 감고 보았다
있던 것들이 기버리고
있지
않았다

국수의 맛

다시마 우린 물에 멸치 한줌, 채소를 크게 썰어 넣고 끓
인다

채소가 무르고 멸치 비린내가 날라가면, 그때 불을 줄여
졸인다

근데 날라간다고 말하면, 좀 슬프지 않아

웅? 멸치는 똥을 빼고 대가리는 그대로 둔 것, 냉동실에
보관한다

반드시, 라는 말을 빼놓지 않으면서 날라간다는 말

건성으로 애호박을 썰고 무심하게 당근도 그렇게 채 썬다

먹기 좋게라는 말을 두세 번 한다

졸인 육수에 집간장을 약간 두르고, 얼마나? 물으면 집
간장은

국간장이라고 재작년 봄까지는 돌아가신 할머니 장독 것
을 썼는데……

끝이 허물어진 말은 적지 않는다 다시다도 약간, 얼마나
라고 물으려다

많이는 아니지라고 고쳐 물으면 적당히, 라고 대답한다
우리

면을 삶지 않아 다시 육수에 불을 크게 올려 면을 넣고 끓
인다

후추도 깜빡하고 계란 없이 심심한 육수에 통깨를 한줌
뿌려 먹는다

국수는 불어 있다 창밖은 눈이 날리나, 날아가나? 사방 하얗고

사방이 희한해서 창밖에 눈 떼지 못하고 사각,

투박한 호박이 부드럽게 이를 씻기는 소리

듣는다 면이 곱고 희어서 호박 뒤로 숨는 맛이다

붉은 입 속에 내리는 하얀 것들을 생각하다

눈은 무슨 맛일까?

녹는 맛, 어린아이의 말이 창밖처럼 환하고 예뻤는데⋯⋯

요 며칠 어떤 새가 거실 창을 자꾸 두드린다며 날 풀리면

창밖에 새장을 하나 달아준다는 말

이렇게 세상이 환하면 함부로 아프지도 못하겠다는 말

그건 새의 말인가, 엄마 너의 말인가, 나는 알면서 또 모르면서

그릇에 얼굴을 꾹꾹 눌러 담고

국수를 마신다

날라가는 중이다

오늘은 오지 않는다는 창밖의 새처럼

국수도 우리도 이제 말이 없다

비어진 장독 속으로 졸린 눈들이 쏟아지는 저녁이다

조금씩 기울어지는 몸이 버젓한 내게 기대면

고요다, 폭폭하다는 고향 말이 생각나서 장독에 쌓인

눈의 맛을 떠먹어보면 이제 엄마에게서 죽은 할머니는 무

─ 심한 맛인가,
　그 폭폭한 마음을 받쳐 창밖만 볼밖에
　오직, 아무런 할일이 없다
　나는
　하지만 녹는 맛, 이라는 어린 너의 말이 귓가에 자꾸 내
린다
　사라질까봐, 내가 적은 국수의 말은
　건성의 맛
　내가 뚝뚝 면발을 흘리면
　주워먹는 맛
　나는 자꾸 흘리면서 잠든
　너의 이마를
　닦고만 있다

─

말하는 법이 없었다

여기, 무릎을 안고 모로 누운
여러 날을 알았으나
모르는 여자
돌멩이의 깨진 얼굴은 영원히 뒹구는 중이어서
처음 있는 헤어짐이 아닌데도 단 한 번의 헤어짐처럼
병원에 가지 마요
나와 같이 아파요

— $E = mc^2$

— 어디에나 있고 어디에도 없는
기적 밖의 일을 난 몰라

—

편지의 공원

6월, 공원에 누워 공원을 바라본다
방안에 누워 방안을 바라보면서
안녕, 네 눈에 내가 보이길 바라지만
건조대 마른 옷가지에선 네 살냄새만 난다
어제 입은 셔츠에 비누를 바른다
힘주어 잡으면 튀어오른다 부드러움은 죄다
그렇다

좋은 분 같아요, 발톱을 깎으며 좋은 사람의 마음이란 게
이 떨어진 톱처럼 손으로 모을 수 없는 두려움 같아서
뉴슈가를 넣고 달게 찐 옥수수 냄새에 틀니를 다시 깨무는
아버지, 나 어릴 적 푸푸푸 하모니카 소리에 왜 화내셨어
요?
그때 왜 나를 나무라셨어요, 지금 그렇게 맛있게 드시
면……
옥수수 하모니카 얘기는 그만두게 된다
구름에 네 손끝이 닿을 때마다 빨갛거리며 하늘이 깨질
듯했다 쨍그랑,
이파리 부딪는 소리 몸 하나에 링거를 꽂고 세상을 다 뱉
어내는 듯
비가 왔다 낮잠을 자고 꿈에서 누군가와 싸웠다
짐승의 털이라도 가진다면 웅덩이에 몸이라도 던지겠지만
젖은 베개를 털어 말리고 눅눅한 옷가지에 볼을 부비다

— 너의 아름다움이

온통 글이 될까봐 쓰다 만 편지를 세탁기에 넣고는 며칠을 묵혔다

당신이 기타와 피아노를 친다는 말을 듣고 몹시 기뻤어요

다친 사람을 위해 음악을 연주하고 치료하는 일이 꿈이라고 했지요

가능할지 모르겠다고, 엄마의 기타는 목이 휘었다고

하지만 기타는 계속 배울 거라고 마치 그 꿈을 살아본 사람처럼

차분했어요 그 고요한 수면 위에 몸 내릴 수 있는 새가 있을까?

나의 초라한 발견이 평범한 사람을 울리기 쉬운 새벽이면

틈틈이 편지를 썼어요

고백은 어째서 편지의 형식입니까? 파리한 나무 그늘 밑에서

빙빙 꼬리를 물고 돌아가는 개에게도 나는 묻게 된다

주저앉아 아무것도 하기 싫었다 다시 태어나도 멈추지 않을 것 같아요,

그러자 아픈 일을 아름답게 말하는 건 좋은 일이 아닌 것 같다고

도무지 아름다운 것이 없는데 당신은 보고 있는 것 같았다

공원이었다 그렇더군요, 근데 걷고 좋았어요

왜 멀리 돌아왔냐는 내게, 나를 궁금해해줘서 고맙다고
했다
공원에서 방안을 생각했다 방안에 누워 떨어지는 소리를
들으면
사람이 있구나, 안도했었지
멈춘 공은 죽은 공, 죽은 공은 멈춰 좋은가, 던지고 받는
벽 앞에서
멈춘 것들이 좋아져서 슬펐다
나를 슬프게 해줘서 좋았다고, 실은 편지를 썼어요
아무리 볼을 꼬집어도 살아지지 않는 사람에게
분명한 것은 우리가 사람이기를 조심스러워해야 한다는
거겠죠
라는 말을 들었다

죽은 공처럼 누가 날 발로 차주었으면
들어가지 마시오 끝말이 틀린 경고문 안에서 우리는 튀
어오르고
골대가 없는 농구장에서 던지는 연습을 했다 공을 주면
살아서
받아내려고 멈추지 않았다 누구의 공인지도 모른 채
죽으면 안 되니까, 산 것을 가만두지 않으면
견딜 수 없는 죽음이었다

2부

대단한 그루터기를 바란 것은 아니었지만

대공황

하얀 자작나무 같은 그의 손이 어깨 위에 내리고 있다 페치카 앞에 무릎을 오므리고 앉아 그녀는 잘 타오르는 음악을 듣고 그의 손이 닿은 곳으로 고개를 글썽인다 눈이 내린다 어떤 연주자가 이 무대를 놓칠 수가 있나, 어느 여자가 저 다정한 손길을 마다할 수 있을까? 나는 주택가 구석에 앉아 고양이처럼 턱이나 쓰다듬고 있다 한가한 몸이나 만지면서 탓할 것을 찾는 중이다 빈 술병만이 전 재산인 양 코트 주머니에 담긴 채, 함부로 이곳에 와버렸다 딱히 설명할 수는 없다 내게 증오한다는 편지를 보낸 사람을, 열쇠를 현관문에 꽂은 채 외출에서 돌아온 앞집 부부와 마주친 저녁을, 남편은 아내를 등뒤로 감추며 나를 경계했다 그런 남편을 보며 미소 짓는 그의 아내는 추녀였고 지독한 향수 냄새를 풍겼다 어제는 성당 앞에서 얼어죽은 소녀도 보았다 성냥을 팔던 소녀라고 했다 나는 발치에 떨어진 성냥갑을 하나 주워 주머니에 넣었다 동정은 흔한 죄라서 바구니에는 담지 않았다

더는 야만을 상상할 수조차 없게 그는 완벽한 수염을 가졌다 부드러운 가시를 삼키듯 그녀는 그와 입을 맞춘다 누구나 한 번쯤 저만한 숲을 가지고 싶어할 거야, 나는 그렇게 이해하면서 성냥을 켜고 손을 녹인다 몸이 빠져나간 바지처럼 어슬렁거리는 개를 불러본다 밤바람이 휘파람을 다독이고 있다 걷고 또 걷고 아무리 성냥을 깨물어도 빛이 보이지 않는 거리 누구든 나보다 괜찮은 사람을 만나, 알아 모든

것이 변했지 그녀는 수화기를 내려놓고 홀가분해졌을 것이다 거짓으로 나를 달래면서 안도하고 있었다 행운을 빌어, 차라리 사진이나 엽서 이런 것을 뒤적이다 손이라도 베였다면…… 간판 불을 켜둔 채 문을 닫은 단골 식당, 나는 주인의 빼빼 마른 철부지 애인이나 메뉴를 자주 혼동하는 야한 옷차림의 종업원을 떠올려본다 외로움을 사납게 배운 자들처럼 사내 둘이 어깨를 밀치고 지나간다 갑자기 싸구려 고기 비린내가 난다 누군가 게워낸 토사물에서 뜨거운 김이 올라온다 구시청에서 공립학교로 이어지는 길은 군데군데 가로등이 고장나 있거나 켜지고 꺼지기를 반복하고 있다 클래식, 클래식, 적막 속에서 하이힐 소리 빛날 뿐, 아무 일도 일어나지 않는다

도시는 조용하다 죽은듯 나는 뜨거운 물에 손을 담가 몇 마리의 물고기를 흔들어본다 유독 추위에 떠는 물고기를 건져 피아노 건반 위에 올려본다 기억하지? 내 집에 두고 간 네 피아노 말야, 기필코 오늘은 피아노를 끝장내고 싶어서 너의 집에 갔다 음악도 모르는 내가 감히 피아노를 처분할 수 없으니 피아노의 주인인 네가 나를 끝장냈으면 하고 바랐다 그러나 어찌 상상이나 할 수 있었을까? 그 남자의 수염이 모든 걸 망쳐버렸다 침몰한 선체를 인양하려는 듯 금붕어들이 어항 속의 피아노를 마구 쪼아대고 있다 앞집 남자가 고함을 지르며 문을 세차게 두드리고 있다 설명할 길은 없지만 잠시 후, 큰 싸움이 일어날 것처럼 성냥이요, 성

냥 사세요, 작은 환청들이 모여 적막을 키울까, 사람을 해칠까, 고민하는 날처럼 성냥팔이 소녀야, 너는 쓸쓸한 이름으로 죽었다 대체, 내가 왜 변해야 하는데? 너는 변했어, 아니야, 아니라는데도 아내의 만류에도 불구하고 그는 여전히 문을 두드리고 있다

크리스마스에 눈이 내리면 가까운 누군가가 죽을지 몰라, 그 말을 전해준 이는 누구였을까, 나를 증오한다는 사람은 어떤 이와 눈 내리는 크리스마스를 보낼 것인가, 모두 죽지 말고 오늘만은 참기를 나는 바라고 또 염원하면서 제발 문이라도 열리기를 바라고 있다 몸집이 큰 흰 개가 수레를 끌고 지나간다 주인에게 가는 길인지, 주인을 잃은 개인지, 녀석은 아는 길처럼 잘 지나가고 있다

문이 열린다 종소리가 울리며 폭죽 속에서 고깔을 뒤집어쓴 앞집 부부와 비상 키를 흔드는 관리인의 얼굴은 상기되어 있다 메리 크리스마스, 우리는 서로를 모르는데 메리 크리스마스, 그 말이 전부인 밤이다 편지에 적힌 주소를 찾아 아는 집에 다녀왔어 모르는 그가 멋진 수염을 하고 있었지, 나는 피아노 위의 편지를 집어 그들에게 내민다 해피 뉴이어, 방에 모여든 세 사람이 건방진 소리로 떠드는 밤, 새벽이면 갱들의 총소리가 멀지 않은 곳에서 들리는 도시, 그 외곽의 빈민가에 우리는 살고 운좋게 살아 있다 찬장의 밀주를 꺼내 천박한 자들과 술잔을 나누는 크리스마스, 재앙을 대비하며 자기소개가 시작된다 스페이스는 스페이스 다

이아몬드는 다이, 한물간 인생들이 카드 패를 돌린다 총소
리가 울린다

꿈꾸는 도살장

흔해빠진 놈들, 그는 소시지를 만드는 기술자다. 나는 그의 조수로 도살된 돼지들을 기록한다. 서류를 만족시키는 자는 서류에게 큰 빚이 있다. 창고가 불길에 휩싸이면 돼지는 왈츠를 추지, 아내는 함부로 말 못할 거야, 내게 남은 총알들. 그는 침을 뱉듯 노래 부른다. 말 못할 거야, 거꾸로 매달린 채, 작업대를 응시하는 돼지들아! 우리에겐 자부심이 있거든. 기록한다. 공과 사가 불분명한 작업대와 건강한 돼지의 수 그리고 내가 만든 여자의 이름들. 그러니 채택되지 않는 엽서는 쓰지 말자. 라디오를 켠다. 올곧은 생각을 쓰면 된다. 안 된다. 이런 망설임이 통계를 망친다. 그렇다면 나의 사무는 기술자의 작업이 못 된다. 정부는 구덩이를 파고 병 걸린 돼지들을 묻었다고 한다. 콜레라의 시대다. 라디오가 말한다. 그러나 콜레라는 무도회에 없고 조합장의 수첩에도 보이지 않는다. 가까운 곳에 무너진 교회만이 있다. 장송곡이 따로 없군, 뼈 부러지는 소리 좀 봐! 보라고 말해서 내가 들으면 그가 함부로 대하는 아내가, 공구들이 쏟아지는 작업대가 아름다울 수도 있을까? 돼지의 피를 핥는 저 비루한 혀 앞에서 면목 없는 서류에서 나는 한 여자의 이름을 발견한다, 그 낱낱의 육체를 적는 직업이 너의 사랑이라면 세뇨르! 이 손을 빌려줄까? 피 젖은 손을 내미는 나의 상사는 정이 많은 남자구나. 하지만 세뇨르, 저 더러운 라디오는 던져버리는 게 좋지 않을까?

이건 하나의 가정이지만 접견실은 왼편에 있다
샤워장은 오른편,
만질수록 차가운 편이다

모조

계란이 부서지는 공원에서 나무가 발광한다. 알타이의 소
녀 아솔판은…… 네가 책을 읽는다. 깨지고 깨어나는 봄날
공원은 고요하다. 잎사귀 붉은 외래종 나무만 있을 뿐, 아
솔판은 없다.

우리 둘 부활절에는 계란을 먹는다. 교회는 가지 않지만
너는 천사를 믿고 나에게 당장 천사와 사귀어야 한다고 말한
다. 나는 무당의 피가 흘러, 내일 네가 입을 옷을 맞혀볼 수
도 있어. 네가 웃기에 나도 따라 웃는다. 웃는 이유가 없이.
죽음을 희망처럼 되새겨볼까, 생각하니 무서워졌어. 내
고통에 마음이 녹는다며 너는 계란을 깨트린다. 그뿐이다.
사나운 일은 어디서도 일어나지 않는다.
공포라면 나도 하나쯤은 알아…… 넌 겪게 될 거야. 분명
본 사람과 보지 않은 사람은 달라. 그 사람을 더 이해하게
될 거야. 그 사람? 죽은 사람이 이해되면 나 역시 죽은 거냐
고 묻자, 우린 함께 있어. 이건 믿을 수 있냐고…… 그러니
용서할 때까지 살아야 해. 너는 말한다.
나는 죽은 체한다. 준비된 천사, 아솔판을 사랑하지 않
는다.

한때 그애는 소녀였으나 천사를 믿고 소년이 됐다. 고아
였고 목동이었으며 독수리 사냥꾼이었던 아이는 꼬리 없는
짐승이었다. 커피를 내리고 빵을 굽고 커튼을 여는 아침의

빛, 그 빛과 마주해서야 비로소 사람이 되는 우리와 같이 소녀는 빛과 만나 낯선 소년이 되었다. 그러나 소년은 소녀의 감정일 뿐이다. 감정은 소녀가 가진 빛의 일부이다.

우리는 이것을 바람의 말로 새기고 그 이름을 알타이에 가둔다. 너는 책을 덮는다. 믿지 않으면 없어. 단호한 말투로 계란을 깨트린다.

네 잃어버린 감정에 닿는다면 좋겠어. 허락 없이 네 마음을 알아버린다면 좋겠다고 생각한 적도 있어. 아! 아솔판. 그 무모한 감정들. 너는 배우처럼 말하고 다시 책을 열어 알타이의 산맥을 본다. 믿지 않으면 없어! 간절한 말로 천사를 찾아야만 한다.

아솔판은 없다. 내 비석 위에 써줘. 혹시라도 내가 죽거든. 아니, 아무런 꿈도 미화도 없이 고통만이 많았다. 훗날 우리가 죽게 되거든 그렇게 쓰여질 거야. 어떻게? 평화가 오면 그렇게 돼. 단, 많은 사람이 죽고 누군가 우리를 믿을 때,

흉물스러운 빛이 난반사되는 은빛 돗자리에 누워 우리는 죽음을 말하면서도 어째서 함께이고 도무지 죽어지지 않는지…… 나는 어려움을 가지고 공원을 나선다. 그리고 새로운 친구인지, 애인인지가 나를 다 알아버렸구나, 하는 체념 속에서 검고 긴 영구차를 본다.

젊은 사람이 죽은 거야, 나는 고개를 끄덕인다. 부활절이

니까,

뜨거운 빛을 가진 나무가 조심스레 꺼내지고 있다. 차가
운 꽃을 들고 묵념하는 사람들. 매년 죽은 자의 기일마다 저
들은 계란을 먹고 애인의 손을 잡고 더러운 코를 풀고 식탁
에 앉아 묵은 기도를 올릴 테지.

그리고 모두가 손을 흔들며 떠난 공원묘지. 젊은 사람의
비문을 읽는다.

평화가 왔다. 마침내 평화가 오고 말았다. 비석은 너의 말
처럼 고통만이 남은 채 우릴 부르고 지금은 나 외에 누구도
천사를 대신하지 않는다. 비석만이 죽음을 가두는 공원묘지
에서 나와 나머지들과 나의 여럿들이 모여 삶은 계란을 까
고 서로의 입에 물려준다. 부활은 그런 것, 우리는 서로의
인상을 담아 손야귀의 계란을 깬다.

녘

눈언저리에 맑은 피가 번지면 노을이 지는 것이다

정신이 들게 나를 깨우는 종소리, 상대의 이마는 잘생긴 편이다

바세린을 바른다

귓불에 달라붙는 샌드백 터지는 소리 모래가 저무는 볕을 받으며 내려앉고 있을까,

헤드기어를 끼면 울상이 된다

조용한 숨들이 링 위에 누워 천장의 조명을 바라본다 가는 팔을 뻗어 거리를 가늠하는 세계

잠을 줄여야 한다

주먹에도 날이 있다 과녁이 서 있는 질서

왼쪽이 닿으면 오른쪽도 닿는다 그렇게 두드려서 겨우

저녁이 온다 침묵을 방관하면 훅하고 떨어지는 마우스 피스

멍이 든 눈가에 날계란을 굴리며 계단을 내려오는 혈투 싸늘한 시신을 들것에 실어나르는 관계자들 만원 관중이 빠져나간 후, 긴 체인을 걸어 닫는 경비원의 무거운 열쇠가 있다

닫힌 문을 두드리며 땀 그리고 열정, 관장이 하얗게 익은 수건을 던진다

벽 하나의, 벽 하나의 종소리처럼

이건 원장 수녀님의 방만큼 커다란 마차다. 빼곡한 나무 창살 속, 기진한 개들이 가득한, 성당 입구를 반쯤 가로막아 선 마차를 향해 신부의 딸이 침을 뱉는다. 썩은 빗자루 노래를 흥얼거리며, 썩은 빗자루 같은 늙고 젊은 개 사고팝니다, 팻말을 두드리던 신부의 아들이 창살 사이로 목검을 비집는다. 그만둬, 그들은 아버지를 기다리고 있어.

정적은 종소리만큼 크다. 머리를 조아리는 아버지 신부와 두툼한 턱을 가진 개들의 아버지가 손을 맞잡고 있다. 콧잔등을 올리며 냄새를 맡는 그가 성당의 모든 방을 뒤져서라도 찾겠다는 아들은 어디에 있는가? 여기, 깃털 잃은 새, 발목을 지상에 심고서 보이지 않는 발가락을 훔치고 있다. 자물쇠보다 큰 열쇠 뭉치를 허리춤에 달고 아버지, 무엇이든 내려보기 위해 바닥에 침을 뱉는다.

내 고향을 가본 자라면 누구나 안다. 그는 떠돌이 개를 가두고 늙은 개는 푸줏간에 내다팔던 장사치였다. 그런 그가 이곳엔 무슨 일인가? 아버지 신부도 묻고 있겠지. 인도하실 겁니다. 하늘을 보기 위해, 가끔은 없는 사람을 생각한다.

길이 열린다. 열쇠 부딪는 소리, 자물쇠를 잠그고 흔드는 주인의 소리. 그들은 창살을 들이받으며 짖어대고 명령이 있을 때까지 소란을 가장한다. 이토록 가여운 사나움이라면 기꺼이 살을 내어주어도 좋을, 찢기고 뜯기어도 끝내 서로가 무안할 뿐인 형제들이여, 우리는 서로를 모르고 스스로 물지 않을 것이다.

언젠가 나는 종으로 들어가 종의 내부를 들이받는 새를 보았다. 길 잃은 새였다. 벽 하나의, 벽 하나의 종소리처럼 몸이 문을 찾던 새는 죽었다. 새를 줍고 올려다본 하늘의 주인은 종탑에 가려져 없고 죽은 몸에 실린 종소리만이 손에 들려 흔들리고 있었다. 죽은 것을 빌려 세계를 안심하는 나의 동정은 비겁한 것이나 따뜻하고 작은 신음에도 흔들리지 않기로 한다.

허나, 맹인 사제는 이른 저녁이면 종탑에 올라 한참이나 종을 안고서 주절거리는 것이다. 어느 먹먹함과 어느 기구한 울음이 만나야 견디는 마음의 주저함과 마음을 견디려는 주저함 사이에서 저처럼 허물어지는 것인가, 사제는 스스로 주저앉았다. 분명 그는 듣고서 깨우친 것이다. 그럼에도 종은 울리고 세계의 시각을 들으며 바라보며 우리들. 줄지어 간다. 아, 아버지, 나는 자주 울 것 같아서 그냥 울고 말았습니다. 이것은 사제의 마지막 말, 바닥에 떨어진 수프를 소매로 훔치고선 입술로 쪽쪽 빨아대는 나의 형제여. 너는 내가 모르는 성당의 아들. 이제 하나가 늘었으니······

그리운 냄새를 가졌구나, 그는 다가와 코끝을 올리고 있

— 다. 어쩌다 길을 잃었니? 너를 찾느라 온 나라의 개들을 다 만났단다.

마차에는 배다른 동생들, 귀여운 내 새끼들. 너는 아버지가 생겨 좋겠다. 크게 지껄이는 신부의 아이들아! 그는 우리의 주인이야, 나는 말하지 않고 마차의 아버지에게 세계의 규칙을 듣고 있다. 규칙을 다 외우면 새로운 사랑이 시작되는 길. 사고판다는, 팻말이 흔들리는 마차에서 나는 기도문을 외운다. 아버지 말씀으로 시작되는 우리들의 사랑이 그리고 이 뻔뻔한 믿음이 신뢰될 수 없음을 안다. 우리 모두가 안다. 울다가 죽는다.

하지만 어디로 가야 할지, 인기척이 없는 생각 속에도 늙고 젊은 개들은 묻고 싶다. 아버지! 우리 다음에 태어나면 친구가 될까? 벽 하나의, 벽 하나의 종소리처럼 말굽이 지축을 울리며 가는 길. 고삐를 당기는 사람이 오직 나의 주인이다. 세게 더 세게 모르는 일에 당겨질 때마다 우리는 튀어오른다. 잠자코 있으면 다치지 않아, 나는 말한다. 아니, 우리가 모두 말했다. 마차가 들썩이는 길, 우리는 공기처럼 가볍고 서로를 따스히 응시하지 않으며 슬픈 이야기는 다음에 영영 다음에게 하기로,

언젠가 함께 있어줄 수 없겠냐는 물음에 먹먹히 달아나던 기억, 고백하자면 사랑 같아서 입술이 가벼이 떨어진대도

크게 아플 얼굴이었다.

아령

마주한 두 눈이 서로를 몰라 난처해지는 정오
하나는 내려앉고 하나는 높이 난다
레버를 당긴 조종사처럼 그러나 불행히 낙하산이 없는
소년이라 짐작되는 친구여
떨어진 바퀴가 대로변에 구르고 있다

절벽 위에서 바라본 저 아래의 깊이가
허무한 만큼의 높이로 세워질 때
벼랑은 온다 무수한 바람들이
그곳에서 방랑을 마감했다

손끝이 아린 일
내 무덤의 피부를 크게 긁어내는
죽죽 길게 그어놓은 절벽의 묘사는 악착같다

숨을 들이고 내쉬면 창밖으로 무거운 것들이
떨어지는 소리
악몽이 단단해지면 벽 뒤에서도 물소리가 난다

술 취한 새들이 폭탄처럼 떨어지는 해변
평평한 무덤 아래 부리로 비문을 두드린다
깨진 헬멧에서 흘러내리는 검붉은 모래알들
무거운 것을 높이 들면 단단한 점이다

붉은 점들이 모여 오늘의 피는 부드러운 곡선

천천히 떨어지고 있었다

무른 피

대교의 북단에서 바라봤다
남단의 미끈한 다리를
친구가 저 복사뼈 어디쯤에서 뒹군
일요일, 엄마는 놀랐지
우리 아기가 문을 세게 차고 나가서
발톱이 빠졌어, 피식
친구는 마개를 따고
축하할 일이지?
우리는 음악을 마셨나,
마시고 있다는 말은 안 해도
이 어린놈의 새끼들,
우리는 크게 웃을까, 서로를 본다
웃을 일이 없다는 듯 말을 거는
형들, 어른들, 아저씨들, 죽었다
친구가 하나, 오토바이도 하나

빈속에 술을 한 통 부으면 꼭 음악 소리가 난다
술맛을 알려주었다
죽은 놈이

오늘부터 우리는 어떻게 걷나?
생각조차 싫은 일요일
아빠도 나도 목욕탕에는 더 가지 않고

군대 간 형의 편지엔 효도라는 말만 가득하다
꼭 그런 건 아니지만 친구를 잘못 사귀어서
나쁘게 아프면 언젠가 나도
민증을 내보이며 딸꾹,
딸꾹거리면서 손가락질을 할 테지

철아, 이 나이가 무언지는 몰라도
어른이 되면 안다는 말
믿어도 될까?
도무지 자신이 없어서
바닥에 누워 꿈을 늘어놓으면
저멀리 머리에 피도 안 마른 석양
나쁜 피가
줄
줄
줄
흐르고 있었다

개척교회

아가야, 말씀을 듣고 나면 꼬리부터 자르는 거야

노파가 가져온 감자를 멀리 던지며
목사는 지시한다
가져오면 들려줄게, 귀가 짧으면 비밀이 없다

목사의 반려견은 도베르만
이제 그만, 목줄을 채우시지요
예배가 시작됩니다
마을의 이장은 이발소를 한다

철조망을 흔드는 목사의 가녀린 양들
울음이 흔들릴수록 반짝이는 가시로
면류관을 쓰는 마을
그 중앙에 교회가 있다

손바닥을 비비듯 도베르만
가시 덮인 장벽으로 가 사나운 죄를 씻기면
피가 솟는 밤, 십자가를 밝히는 칠흑의 밤
상처가 진하고 역겹구나, 너는
집을 지키는 개가 아니란다
목사여, 회개는 오늘도 틀렸구나

흘린 피를 핥으며 주님, 주님의 마음을 몰라
온종일 외마디로만 짖는 몸짓
아가야, 사나운 죄를 가졌구나
목사가 딱딱한 사료를 건넨다

레닌그라드의 집배원

큰어르신은 누구인가,
절대 묻지도 궁금해하지도 말 것
고용주의 서류에 사인한 이래 가정은 화목한데
나를 레닌그라드의 선생이라 부르는 고용주의 자세는
모직 코트 왼쪽에서 꺼내주는 조간신문과
오른쪽에 있다고 믿어지는 권총 한 자루
어르신의 저택은 넓고
커다란 동상이 마당의 중앙에서 방문객에게 말하고 있다
어서 오시오, 고용주의 고객인 나의 어르신
집사가 두고 가시오, 라고 말하기 전까지
나는 골똘히 어르신을 떠올리고
어르신은 배달될 조국의 혁명을 기대하고 있는가
조용하군,
현관문이 닫히면 도어 벨이 크게 울릴 뿐
상트페테르부르크의 정적이란 큰어르신의 서재
문득 떠올리는 것은 고용주에 대한 예의가 아니겠지
큰어른이에요, 분명 조국에 없어서는 안 될
당신의 심부름은 정말 대단한 영광이고요 어때요?
혁명의 집배원,
아내의 치아는 수고비를 담은 봉투처럼 누렇다
새벽인데, 배달할 신문은 도착하지 않고
그럴 리가 없는데 누군가 나를 포박하여
의자에 앉힌 채로

묻는다

동지, 동지가 배달한 게 무엇이지?

신문이지요, 신문은 고용주의 것이고 배달은 어르신에게

돈은 아내의 것이고 계약을 준수하는 집배원은……

얼굴을 덮은 천은 검고

그들 중 하나가 다시 묻는다

친애하는 배달원 동지, 조국을 위한 질문이오

내가 생각하던 어르신의 말투

도대체 고용주는 어디 가고 어르신만 남아

나를 심문하는 것일까,

누가 대체 이들 모두의 고용주란 말인가,

나는 지금 누구를 위한 신문이냐고 묻는 것이오

외투의 오른편엔 계약서 왼편엔 조국의 수첩

나는 친애하는 마음으로 가슴에 손을 얹어 대답한다

혁명입니다

어르신,

혁명은 모든 것을 배달합니다

그 가을 어떤 사진의 비탄적이며 퇴폐적인 분위기

숲의 끝까지 모두 숲이어서
산의 끝자락마다 불가피한 절벽이어서
혼자 있는 밤 안의 당신은
몸밖의 당신을 더듬다 끝내 버림받습니다
제 몸의 열이 온 우주를 앓는대도 스스로 죽임당하지 않
았습니다

반쯤 허물어진 성당을 지나며 봉화대를 보았습니다 국도
로 이어지는 산길에서 벼린 낫을 들고 노인이 내려갔고요
잠시 는개비 내리고 노인이 사라진 길로부터 기름과 화약
냄새가 지나갔습니다 다시 햇볕은 사방에서 녹아내리고 한
쪽 팔을 잃은 사내가 성한 어깨에 장총을 걸치고 개에 이끌
려 달려나갔습니다 길을 오르려 발을 내릴 때마다 폭죽 터
지는 소리, 비는 어느새 눈이 되어 오후는 여전히 구체적인
오후뿐, 오래된 봉화대가 있었습니다

전쟁은 오래전에 있었다고 합니다
꺼낼 엄두가 나지 않는 무덤이 있다면 우스운 말이지만,
신의 흉상마저 오래전 인간의 얼굴로 덮인 무덤이니
추모와 기념이 있을 리 없습니다
인간이 매단 가호는 죽음을 바라보는 사후와 다름없어서
신이여, 어째서 인간의 얼굴로 고문받습니까

대밭을 쓸고 가는 서북의 볕은 붉습니다

고작해야 한마디, 남은 대나무 밑동의 끝마디마다 사선입니다

대단한 그루터기를 바란 것은 아니었지만 쉼터라는 안내는

무서운 바람처럼 들리고 그 사선의 끝까지 맺힌 빛이

피가 아니라면 좀처럼 펴지 못하는 주먹을 달랠 방법이 없었습니다

있어요, 그러겠다고 말해줘요,

어젯밤 내가 한 말을 잊어요

아프라고 한 말 맞아요 하지만,

좋은 밤은 오지 못한다

내가 나의 인간을 사랑하지 못한 이유로

용서받을 때까지

살겠다, 다짐한다면

무명의 무덤이 온통 당신이어서 나를

사주한 목숨들 내가

사주한 목숨들에게

참 많아야 했다

살아요

있어줘요

― 그래요, 당신

―

일별

새벽이면 모두가 잠에 빠진다. 나와 고양이 빨랫줄의 아버지 그 낡은 외투를 제외하고는…… 그는 오래전 커다란 배를 탔고 뱃머리를 들이받던 혹등고래의 얘기도 알았지만 평범한 노인이 되었다. 검버섯이 핀 얼굴을 국에 말아 먹는다. 이제 풀죽은 나물을 들어올리는 힘, 내가 한때 숭배하던, 성난 상어를 짓누르던 엄숙함을 그는 잃었다.

아버지! 삶이 무너지면 젓가락으로 적을 찌르세요. 속으로 외칠 때, 정지된 눈으로 그는 숟가락을 본다. 작살을 멀리 던지던 남자가 보일 리 없다. 나는 왜, 바다가 뭍에 와 눈 감는지…… 생선 대가리를 툭툭 쳐대는 그의 버릇에서 동정을 섬겨야 할 나이도 되었지만 내 어릴 적, 사진 속 감색 외투의 선원. 젊은 그가 갑판에 누워 바다가 아니라면 쉽게 던져버렸을 따분한 세계와 한 여자, 나른한 하품 같은 것이 더는 멋져 보이지 않는다.

라스팔마스를 사랑하는 뱃놈들은 모두 술독에 빠졌지. 여인들은 암초처럼 힘이 센 거인이었고 독한 향수…… 바다를 잊을 만큼 우리는 마셨노라고, 그는 담배를 끄고 자신이 한때 취기에 구겨버렸을 이국의 바다를 펼치려 했을 것이다. 도무지 보이지 않았을 것이다. 젖고 찢기며 불어터진 바다. 하지만 모든 걸 다 게워내야 했다고 흔들리는 건 바다로 충분하니까, 그런 말들이 한참이나 삐걱이다 가라앉았던 것도 같다.

아세요? 별빛이 단단해지면 슬픔이 마른 거래요. 나는 가만히 손을 내어 당신 곁에 두고 숨이 열리고 닫히는 물길을 본다. 바닷말을 듣는다. 입속의 거인들 바다를 향해 걸어나온다. 고래 등뼈로 파도를 일으켜 음악을 부르고 그물을 올리며 노래를 내린다. 심해를 향해 심장을 내린 그들은 만선이 폐선이 될 때까지 가라앉지 않을 것 같다. 나는 안다. 당신이 손목을 내어주고 비로소 세상에 올린 이름 없는 종의 얼굴이 나였다. 그 시절의 고요가 더러는 흔들리기도 했었을 당신의 수면에 돌을 던지던 날들이 많았다.

나는 묻는다. 라스팔마스의 여인들이여, 손목 잃은 젊은 선원을 보았나요? 숨이 잠잠해질 때까지 여인들은 춤추고 울고 노래하며 자신의 젖을 물어 갈증을 풀 뿐 말이 없다. 그때 내 멱살을 잡고 물속을 헤치던 손목이 끊기고, 뚝 하고 모든 잠이 떨어진다. 아버지! 당신의 얼굴을 바다에 띄우고서야 다시 난 바다를 보게 됩니다.

아버지. 아, 이 가여운 백골, 너를 혼내야만 내가 아팠지.

아버지 태어나 두 번 울었다.
운 뒤에 마른벼락처럼 소낙비가 왔다.
나는 그때 생선 가시처럼 뾰족한 얼굴로 여름 바다를 생각했다.

깨진 기왓장으로 빗물이 스미는 것을 보다
끝내 사라지고 말 것을 사랑한다는 생각만으로
사랑받고 싶다는 위중한 답을
둘 중 하나는 하였는지도 모른다.

그는 말했다. 큰 고래를 본 사람은 이 도시가 시시하다고,
바다에서는 아무리 커다란 배도 겸손을 배운다고 하지만 너
는 잘할 거니까, 아직 희망이 있어.
그는 자주 잠에 빠진다. 이제 잠만이 그의 유일한 노동
이 되었다.

하루는 긴 이름

　방안의 불을 켜도 밤을 몰아낼 수 없는 일이다. 기별이 없어도 좋으니 문밖에 잔뜩 용서라는 말들만 모여 있으면 좋겠다. 건강하고 건강해야 한다는 이 별에서 지금은, 그래 언제 한번 보자, 라는 말로 시작해야 할 듯하고 네 생일 케이크에 몇 개의 초가 필요할지 몰라, 난감해하며 불을 끄고, 초를 지우는 연습을 해야 할지도 모른다. 정말이지 어둠은 모국어로만 열리는 암호 같구나. 하루가 온통 주먹 쥔 얼굴 같구나, 침울한 이곳을 톡톡 잡을 톡톡 잡을 수 없는…… 기억에 매질하는 어서 일어나봐! 어둠은 정말 모국어로만 열리는 암호 같구나. 지금 비 와, 반복 또 반복하면 어둠은 우둠이나 어듬으로 다시 열리는 타국의 이름 같구나.

　비 오는 길을 본다. 구부러진 못 소리가 들려온다. 아가야, 아가야, 다가오지 않고 늘 젖은 채로 온다. 들어오렴, 그러지 않고 문밖에서 똑똑 물을 흘려준다. 우리가 차마 열지 못하는 문 밖은 가면 안 되는 세상. 감기에 걸리지 않으니 그러면 안 돼! 그래도, 수건을 들고 끝내 열어보고 싶은 얼굴이 있다. 바닥을 두드리는 물소리에 촛농이 따라 흐르고 노래를 들려주려니 이미 무너진 물이다. 여자는 세워지지 않는다.

　생일이면 젖은 사람 모두가 선한 사람 같구나. 빈 거리는 비를 입고 알다시피 저녁은 무엇도 오염시키지 않으니 아가야, 그치지 않아도 좋아. 우리 함께 쓸려가자. 사방을 휘적이고 있다. 무엇도 붙잡지 못할 여자의 손에 우산을 쥐여주고서 천천히 허우적이게 두고 나온다. 문밖 문고리마다 우리의 우산을 걸어두고 있다.

당신을 가라앉히려 입안에 털어넣은 밤이 많았습니다. 어둠은 매번 짙고 당신은 지쳤습니다. 비는 그치고 망치 소리만 요란합니다. 물자국인지 물방울인지 얼마나 젖어야 이리도 비린 생각에 젖어질는지, 가야 해요. 제발, 나를 일으켜줘요. 귓바퀴에 젖은 말소리가 진창으로 굴러가는 방안, 부탁이에요 나를 내버려둬요. 잠든 당신의 입술로 귀를 닫으면 세상은 우물거리고 아픔을 토로하지 않고 수면 아래로 당신을 내리고 있는 중이다.

요절한 사랑을 알고서야 그는 죽음만이 여자를 발견한다는 젊은 작가의 문장을 구겨버렸다. 그러니 앞으로 그의 유일은 생각뿐, 생각을 구겨버리는 것만이 그를 살아가게 함으로 단지 없는 것을 있게, 있음을 다시 살아내게 하는 것이 그의 유일한 직업이 되었다. 물가에 떠내려가는 슬리퍼처럼 어디로 가려나, 주인 없는 사랑은,

결국, 못 소리였다. 누군가를 돌려달라고 벽을 치는 사람이 망치를 들고 못을 치는 일처럼 흔한 것은 아니지만 가슴을 멍들이던 아픈 힘을 달래며 한 사람을 안아주던 사람의

― 얼굴이 나일 수 없으니 망치 소리에 놀라 눈뜨면 망치 앞에
놓인 내가 있겠다.

결국, 그 벽을 두드리던 것은 못이었다.

그러니 입을 틀어막고서

비 맞는 여자는 달리 방법이 없다.

우는 것이다.

젖었고

흐르고

없는 것이다.

아니라면 안일한

여봐라, 게 아무도 없느냐? 간밤에 목이 마르니 불길한 징조다. 망루의 북소리를 내 듣지 못하였고 처소로 든 발길 또한 없건만, 군불을 삼킨 듯 평온치 않구나. 어서 나가 문밖의 일을 소상히 알아보라.

전하, 아뢰옵기 황송하오나 무슨 문부터 살피오리까? 침전의 문만 해도 창을 포함하여 대략을 가늠키 힘들며 혹 북문으로 나간다 하여도 다시금 방위가 나뉘는지라, 소신의 좁은 안목, 그 뜻을 헤아리기 어렵습니다.

사방이 문이고 천지가 벽이구나, 봉화도 없고 상소도 없는가? 친히 궁 밖에 나가 잠행이라도 하면 좋으련만, 근자에 들어 선왕의 피가 상투를 적시니 꿈마저 과인을 탓하는 것이 아니겠느냐?

용안에 해될까 두렵습니다! 고작해야 어린 백성, 시정잡배, 모리배의 노래뿐. 그들은 항시 시끄러이 울고 떠듦을 즐기는 자들로 궁휼히 여기시면 외려 불손한 짐승입니다.

귓불이 흔들릴 정도로 날 꾸짖고 있구나. 그것은 남이라 하면 북이 소란스러운 듯하고 북이라 하면 서쪽이 신음하는 듯하다. 지금 저 촛불이 망가지는 듯도 하고 경은 늘 같은 대답으로 날 놀리는 듯도 하여 하루하루가 지긋지긋한 건국과 같구나.

―　죽여주시옵소서, 전하! 문밖은 침전의 일이 아니옵니다.
신은 그저 아뢸 말씀이 없을 뿐, 전하의 옥체, 상하실까 심
히 저어합니다.

　그래 아니라면 아닐 테지, 아니라니 더는 말하지 않겠다
고 왕은 말한다.
　대왕을 질투한 계절이 대왕의 목을 간질였다 사관 없는 침
전에서 친히 쓰는 것이다 제 얼굴에 미혹된 왕이 계절을 나
무라는 밤이었다 이토록 아름답다면 사라지는 것이 폭군이
다 성군은 성대를 이루고 충신들은 대궐에 모여 용안의 맑
음이 해와 같다 하여 매일 하례하였다 천세! 천세! 천천세!
　임금이 먼저 술잔을 다 비우고 신하들에게 앉기를 허락하
니 여러 신하들이 절하는 시늉으로 자리에 나아가 한껏 즐
기었다 해가 지매 군기감으로 하여금 불을 지피게 하고 친
히 구경하는 일이 잦았다 사초에는 큰불이 일어 태어난 이
보다 태워진 사람이 많았다고 읽힌다

　심심한 풍경과 심심한 위로가 있는
　오래된 왕릉 주위로 그보다 큰 종마 목장이 있다
　눈물을 글썽이는 말이 사람을 태우고 가는 휴일이었다

―

목도리 사용법

밀린 고지서 위에 데운 냄비를 올리던 단칸
방 촛불이 부득이하게 절망을 켜던 밤이어서
짝이 다른 젓가락으로 조심히 집어가던 밥상
짜게 말아놓은 어둠을 마시며
덥수룩한 수염으로 깜깜해지던 날들을 대신해
이제 문은 밖에서 잠긴다

학교 앞 천천히,
과속방지턱을 넘으며 넌 엄마를 불렀다
이야— 엄마가 있는 너는 울기도 잘하는구나
창살이 마디를 갖춘 건반이라면
아이는 피아노 학원을 가지 않아도 좋았을 텐데
그애 벌어진 앞니 같은 창으로 바람이 분다
나뭇가지에 걸어뒀던 샛노란 신발주머니
이렇게 흔들릴 바에 같이 묻어줄 걸 그랬다

간수는 쇳소리로 침묵을 살피고
차마, 깍지 낄 수 없는 기도
차가운 내벽을 쓰다듬다 도망갔다는 엄마가 그리워
배탈 난 꿈속에서는 죽은 할머니의 노랫소리
약손은 어디 가고 없나 끙끙 변기에 앉는 밤
감춰둔 비닐봉지를 두 귀에 걸어보니
아직, 숨은 따뜻해

그 온기를 차곡히 포개어 목둘레를 가늠하려니
엄마 배가 아파

어둠을 태우고 구름이 간다
창살을 건널 때마다 몸을 나누면서
달빛에 걸린 거미가 자신의 다리를 갉아먹으며 긴 침을
흘리고 있다

3부

인간의 힘으로

자매결연

추워요. 잠깐이라도 좋겠어요

지구가 아프다는 전단지를 받고서 네 장의 사진 중 하나
에 빨강
하트를 붙여준다 바다와 동물들이 아픈 사진들이었다
지구는 보이지 않고 우리들 지구에 있다
그물에 걸린 물개는 죽으려 했을까?
파도를 몸에 걸치려던 그 밤의 지구는 어땠을까?
어둠이 아니라면 슬플지도 모른다

샤워실에 주저앉아 무릎을 손으로 묶은 여자를 본다
비 맞는 사람들, 엉덩이를 맞고 울음을 터뜨리는 아가야,
갓 태어난 고래는 한 달간 잠들지 않는다
바다에는 오지 마라,
추워요, 잠깐이라도 좋겠어요, 여자는 그곳을 지키려나
오늘만 그래줘요, 부탁이라면 믿겠어요?
길게 그어놓은 수평선처럼 고독은 진열되어 있다
그래서 기도를 배웠다
식음을 전폐한 고래들이 집단 자살을 했다

바다에 가봤니?
불행이 많이 모이면 이토록 평범해진다
혼자서는 너무 외로우니까

어쩌다 사슴

숲에서 사슴 구경을 했다
봄의 보푸라기가 여름을 따르는 숲이었다

고요한 돌탑들이 즐비한 숲길을 따라 걸었다
자세히 보니 돌탑은 사슴의 발굽들이었다
기분 나쁜 발굽을 들어 멀리 던지자 사슴 하나가 그것을
물고 왔다
다시 던지자 여럿의 사슴들이 그 일을 반복했다

수상한 사슴들이 모여 있는 숲이었다
발굽으로 쌓인 탑 틈에 여자가 아름답게 누워 있있다
살아갈 일을 하렴, 이것은 죽은 기념이란다
사슴들은 발굽을 입에 문 채 울부짖었다
돌멩이, 돌멩이처럼
울음이 범람하는 숲이었다 그 여자
모호한 돌탑처럼 기념이 되고 있는
여자가 발굽으로 덮인 탑 안에 있었다
굳은 자세가 곱고 예뻤다

사슴을 위해 꽃을 만들어 하늘에 날려주었다
높이 날지 않는 애도였다
사슴 무리는 추락한 꽃 위에 발굽을 내려놨다
다시 보니 그들이 물고 있는 것은

－　죽은 여자의 떨어진 구두굽이었다

거의 잠들 뻔하며 나는
사슴의 우상을 보게 되었다

우상은 손에 들리고
짧은 무릎을 땅에 두면 정수리를 무겁게 눌렀다
계시의 말이 들리지 않지만

나는 실행했다 숲에 불을 냈다
돌이 튀고 몹시 반짝이며 붉고 검은
여자들이 탑 속에서 하나둘 몸을 일으켰다

너는 무엇이 되려 한다,
탑 속의 여자들이 한결같은 말을 하였다

무엇이 되든 상관없는 정념에 이끌려
불타는 숲으로 갔다
겁에 질린 나무 아래 사슴의 푸른 뿔이 놓여 있었다
그것을 들어 바닥을 내리치자 요란한 비가 내렸다

목마른 물의 피부, 목마른 돌의 피부
듣지도 배우지도 못한 주술들이 일렁이는 숲으로

－

탑 속의 여자들이 걸어나와 더러운 나체를 씻었다
돌이 물을 문지르는
물이 돌을 매만지는 평온한 광경이었다

나는 구멍 많은 돌을 집어 그 안을 들여다봤다
새우잠을 자는 어여쁜 소녀들이 방안마다 가득하였다
꿈에서 사슴 구경을 했다
어쩌다 사슴, 왜 하필 사슴인가?
사슴은 말이 없이
마치 숲처럼
다만 우상처럼 살아 있었다
오늘은 물을 마시기 위해 한 마리의 사슴이 필요할 뿐

꿈속에 네가 보이지도 않았다

모조로 피는 장미

침대가 하나 비는 2인실에서 우리 둘은 좋아하는 사람 놀이를 했잖아. 아무에게도 한 적 없는 얘기인데…… 그애가 좋아, 꽃병을 닦던 네가 그랬고

공원에 모인 열에 하나가, 애인의 고백 같은 것도 떠올려 볼 오후에는, 그네를 밀어주던 애도 그랬었지. 그애가 좋다.

안 아픈 내가 하찮아지게 너는 그리 예쁘면서 어쩌자고 병이 들어, 병 없는 나를 위로받고 싶게 하는지. 이러다 정말 아파질까봐, 무섭기도 한 병실에서 나는 한참을 바라봤어.

네 가는 팔목에 떨어지는 링거액을. 하지만 너도 좋아, 꽃 물을 받아내며 네가 급히 울기에

꽃물이라고, 뚝뚝 떨어진다고. 내가 그때 무슨 말을 한 건 지. 나는 두려워졌어. 네가 오래 살까봐, 더 오래 예쁠까봐, 그 생각을 멈춰야 했어. 그때, 겁에 질린 나를

너는 봤어. 시든 꽃잎을 꺾고, 많은 것을 겪고 견디려는 듯 내가 죽으면 너도 죽을 수 있어? 만에 하나 그래준다면 나를 믿어준다고

너는 알고 물었어. 내가 아무리 아파도 너보다 안 예쁠 거. 마음이 뜨겁고 차갑게도 하는 오후에 볕보다도 그늘이 더 많은 병실에서 그동안 어떤 사람을 좋아했어, 너는? 묻는 것만 많았어.

할 수 있는 일을 다 한 것처럼 나는 병실을 나왔어. 죽어, 다 가져도 좋으니 차라리 죽어버려, 바라는 것이 다 받아 적힐 만큼 새하얀 복도여서 나는 놀랐어. 손이 뚱뚱한 아이

가 초코바를 먹고 있는 병원 복도에서 누군가 나를 밀쳤는
데, 돌아보니 바람이었어. 초콜릿 냄새가 진하고 역겨웠지.

그애가 보고 싶었어. 그리고 네가 죽었다, 하면 그애가 울
기를 예뻐놓고 죽긴 왜 죽어, 내 옆에서 흐느끼기를 바라다,
넘어졌어. 뚱뚱한 아이가 환하게 웃고 있었지. 못생긴 손가
락으로 나를 가리키며 그랬어. 못생긴 풍선 같다고, 나는 분
명 들었는데 괜찮아? 돌아보니 네가 있었어.

창피해서 배가 고팠어. 그애가, 그애가…… 좋아. 초콜릿
을 좋아해! 나는 말했지. 아무에게도 말하지 않은 얘기를,
하지만 무슨 소리인지, 도무지 모르겠다고 내 이마에 손을
얹고 아프니? 아프냐고? 너는 여전히 묻는 것이 많은데 무
릎에서 피가, 연붉은 당분들이 쏟아지는 오후가 아무래도
진정되지 않았어.

미란

우물을 매단 그물이구나, 거미의 입으로 짓는 것은
고인 침을 삼키며 독을 내리는 밤
그네를 밀 때마다 떠가는 애인의 둥근 엉덩이가 있다
협곡이라면 뛰어 건너고 싶고 끝끝내 빠져 죽을 절벽
그 사이를 말하자면 달빛을 긷는 애인은 멀리
더 멀리라고 외치는 장난만 같다
두 손만 쉬이 물들이는 웅덩이 둘
깊게 파인 나라로 애인은 잠시 떠나고 자꾸만 돌아온다
앞섶에 피워내는 젖내 기대면 달아나는 저 짙은 숨에 안겨
토끼의 귀는 길고 속이 붉은가
헛것을 밝히는 별 아래 계수나무 잎사귀 하나, 하늘
하늘 치마폭에 내려앉아 애인의 지친 무릎을 적시고 있다
서늘한 손가락 끝에 꼭꼭 숨은 아이들만 보인다는
머리칼을 몸소 늘어뜨린 애인의 뒤통수가 유난히 검고
높이 솟은 얼굴만이 달빛으로 밝다
커다란 분화구에 빠져 허우적대면서도 결국
믿다가 버려두는 의심에게
관성(慣性), 그 포기를 밀쳐내는 힘

입술을 맞댄 순간조차 내내 그리울 얼굴이었다

대홍수

그애의 집은 학원 앞에 있었다. 자식이 하나뿐인 독자라는데 누나가 둘이나 됐다. 어느 볕 좋던 날, 그애는 죽었다. 우리가 껌을 자주 훔치던 슈퍼 집 아들은 개천에서 놀다 죽었다. 장마로 수위가 높아진 개천에서 스티로폼을 타고 가다 익사한 어린이는 뉴스에도 짧게 나왔다. 아빠는 순가락으로 내 밥그릇을 때리며 그랬다. 놀지 마! 놀지 않았다. 그애와는 체육복이 달랐다. 신발주머니를 항상 바닥에 끌고 다녔지. 더러워진 주머니를 매일 그의 아버지가 털어주었다. 누나도 자상한 아버지도 없는 우리들, 2남 중 차남들. 겁쟁이다. 누가? 볕이 드는 오후의 교실, 교각 아래서 개구리가 몹시 울던 여름이었다.

하루는 그애의 아빠가 아는 형을 때리며 우는 것을 보았다. 근데 누가 그애랑 스티로폼을 몰고 갔냐? 속시원한 대답은 없고 우리는 다만, 우리의 아버지들에게서 물려받은 남자다움을 위해 대낮에 통곡하는 남자를 욕했다. 그러다 그날 개천에서 살아남은 건 저 형 아닐까? 모두가 그런 눈치로 본드나 불고 돈이나 뺏는 저 형이 벌받지 않으면 곧 매맞아 죽을 거라며 집안의 형들에게서 들은 끈끈한 우정 얘기를 각자의 무용담처럼 늘어놓았다. 가방 공장의 요란한 미싱 소리에 창을 닫고 틀린 문제를 풀기 전엔, 집에 못 가는 학원에서 나만 그런지 연필심이 자주 부러지는 어떤 날은, 호남인지 경북인지 슈퍼의 이름은 흔한 것인데도 어쩌다 떠

— 올리면 그애의 이름마저 도무지 찾아지질 않았다.

  침수 지역의 아이들은 학교에 가지 않아 좋았다. 개천은
매해 범람했다. 본드를 불던 그 형이 입술에 달라붙은 본드
를 벗기다 죽었다는 소문도 있고 수수깡처럼 메마른 그애
의 작은누나가 머리를 뜯긴 건, 다 그 형 때문이라고 이모가
미용실을 하던 친구는 확신했다. 슈퍼가 있던 자리에는 십
자가 없는 교회가 들어와 굿도 하고 떡을 돌렸다는 말도 들
었지만 목사는 점잖았으며 어린 우리에게까지 존대를 할 줄
알았다. 그리고 몇 날 며칠의 장마 뒤에 어떤 시체는 죽은
그애처럼 개천 위에 있었다. 인접한 구청 관계자들이 나와
시체를 사이에 두고 서로를 나무랐다. 우리 게 아니라는 것
이다. 그 처량한 경계에서 응급차는 사이렌을 병적으로 울
리고 경의선 열차는 느리게 가는 곳이 있었다.

  너 몰랐어? 그런 얘기로 친구와 술을 먹는 밤. 개천이 훤
히 보이는 포장마차에서 근데 넌 어떻게 살았냐? 친구는 문
고 같이 살아서 죽은 애를 말하다 그애가 흘러간 개천 위에
오줌을 눈다. 이 더러운 물에 청둥오리도 살아! 어머니가 돌
아가시고 아버지는 단걸 좋아하는 것 같아. 그래? 너 그거
기억나? 그 누나, 그애의 큰누나가 예뻤다고…… 그래서?
사이렌 소리, 멀리 들린 것 같은데 나와 관계없는 육성 같은
데 친하게 지내! 우리 둘을 악수시키던 그애의 큰누나는 맑

은 비누 냄새가 났지. 먼저 가, 서로의 등을 떠밀고 다음을 다음에게까지 양보하며 각자의 집으로 우리는 가고 있는 거니? 가끔 모르는 사람이 죽었다고 생각하면 사이렌이 멈추고 차가운 비가 하나둘 떨어지는 개천을 따라 걸으며 진짜 견디는 것을 영영 말하지는 않을 것 같아 다만, 살아 있다는 게 놀라운 것처럼 그날의 구청 공무원들처럼 그 죽음은 당신들 몫이라며 안도하고 싶다고, 줄곧 우리는 살아내야 하니까, 하는 생각으로 크고 긴 빗줄기가 내릴 때

산 사람은 살아야지, 하면 내 가련한 육신 아래 세상 가장 가벼운 스티로폼 하나 뜨고 내 손마디에 뼈 없는 수수깡 하나 들려 있는 듯한데, 무덤 속의 병정처럼 나는 지킬 것이 있는 것도 같고 무엇일까? 살인자의 심정으로 개천을 걸으며 산 사람, 산 사람을 두려워하며 너의 병든 하늘색 운동복을 빨랫줄에 널던 큰누나는 목을 걸었지. 그 여자가 너의 누나. 철 계단을 오르며 교복 치마를 자꾸 내렸는데, 너 모르지? 내가 사랑하면 죽는 거, 이루지 못하면 내가 죽이는 거, 나는 피식 웃고 죽은 이름을 세어보았다.

나는 최근에 운 적이 있다

기척이라곤 막막한 창을 때리는 계절뿐, 나밖에
아무도 없는 집에서 물 끓는 주전자를 보는 때
피어오르는 소리가 떠나겠다는 말처럼 들리면
헤어질 일이 없는데 만난 사람이 있는 것처럼
나는 최근에 운 적이 있다

아무리 깜빡여도 튀어오르지 않는 눈이여
증발되는 세계가 물방울을 일으키고 있으니
불이 들어올리는 물의 방마다 투명한 영혼들
사라지리라

귤껍질을 잘게 찢던 약사가 어두운 조제실에서
감기가 유행이라고 한다 누구보다 먼저 아파서
누구에게라도 위로받기를 나는 소망하면서
약사의 봉투와 함께 손에 심어진 귤 향기를 받는다

앞집 남자는 새벽에도 자주 문을 두드린다
누가 열어주지 않아도 두드린 문을 열고 들어간다
식탁 위에 접시, 접시 안에 귤이 슬퍼지려고 맺힌 알맹
이가
시다 벗겨진 껍질을 다시 덮어주고
엎드려 우는 사람을 생각했다

어쩌다 나만 모르게 눈이 내렸나,
굳이 그럴 일이 아닌데 내가 생각났다는 사람들
이제 죽고 없나, 귤 알맹이를 하나씩 떼어 바닥에 가지런
히 내리고
휴지를 길게 덮어주던 사람의 얼굴, 그 얼굴
빈 창에 번진 입김이 방의 내부를 더욱 어둡게 한다
살아지지 않는 시간이 있다고 치자
함부로 깨물 수 없는 밤이 있다고 믿자

옆집 여자는 두드리지 않는다
오늘도 찾아가지 않을 상자는 무사하고
만져지지 않지만 귀중한 무엇을 흔들면 가벼운 소리다
끓는 물 소리가 있고 희뿌연 증기 속을 헤엄치는 손의 말
처럼
헤어지는 중일까,
사랑하는 일보다 먼저 사라지는 일 앞에 나는 있다
한없이 눈발이 날리는 중이다
기차는 오고 우리는
기적도 없이

새들이 노는 아지트

싸구려 식탁 위 스르르 미끄러지는 플라스틱 국그릇
미안합니다, 엉거주춤 일어나 젖지 않은 바지를 털며
넘어진 의자를 세워도 사람은 사람을 보지 않고
자신의 식탁을 닦기 바쁘다
친구의 아내가 죽고 나는 그의 아이와 눈 맞추기 싫다
부지런한 엄마가 너를 많이 닮아서
젖은 식탁 위에 놓인 눈이 스르르 쏟아질 때도 있다
매년 기일에 아저씨는 꽃을 사 들고 네 엄마 묘지에 가서
운다 네가 크고 여전히 사연을 모르고 엄마는 끝내 돌아
오지 않는다
아저씨는 아내가 없고 자식이 없어 더 아프지도 못할 거야
하지만 아프기 위해 사람을 만드는 건 아니니까, 슬픈 사
람으로
네 손가락을 받을 거야
어린 너는 이미 안다 약속은 돌아오지 않는 사람에게나
붙이는 이름
검독수리, 딱새, 크낙새, 솔부엉이는 멸종되고 없다 있
지만
조금밖에 없다 멸종은 잘 보이지 않거나 이제 보일 수 없
다는 거야,
하지만 너는 어제도 봤다며 새의 위치를 정확히 펼쳐 책
을 보인다
새는 안전하다 박제된 새는 모든 게 멈추어 책을 입고 있다

그럼 그 많던 새들은 대체 어디로 갔을까, 창밖은 맑고
맑기에 보이는 것이 없는 색이다 하늘색은 슬픈 색이네,
혼잣말을 부르면 저기요, 하고 그곳에 손이 닿지만
그럼에도 보이는 색은 네가 만든 색이니?
없는 새가 보이는 색을 생각했다
색이 없어 멸종한 새가 있을까?

의자에 앉아 거실 중앙에 박힌 가족사진을 본다
누군가 내 머릿속에 들어앉아 의자를 아무리 빙빙 돌리
어도
생각이 멈추는 자리에 그런 사진은 없다
너와 네 아빠가 나란히 웃고 있다
아까 우리가 무슨 얘기로 흥겨워했지?
아, 맞다 그런 적이 계속 없었다
우리는 웃고 있나?
아니라면 우리는
오래 없는 사람이 생각나니까

원두를 보는 아침

아무 일도 일어나지 않았는데 이미 끝나버린 아침 같았다
어디, 평화 같은 곳을 찾아보면 영영
오지 않을 것 같은 하루가 나만 모르게 지나가버린
공기도 꿈도 보이지 않는 카페에 앉아 우리
그 이름의 커피를 마신다
너무도 구체적인 카페인데 공기와 꿈을 분쇄하는 기계
가 있다

간밤 귓속을 헤집던 해로운 곤충들
내 잠 속을 갉아먹던 가려운 입술과 열매를 따는 소녀들
불빛 시름한 농장에 누워 빈 자루처럼 가벼운
수확량의 무게가 쥐똥처럼 귀여워 우리는 곧 타죽을 거야
드럼통 속의 원두처럼 쪄 죽을 거야, 늙은 나귀가 두드
린다
땅은 무르고 발굽은 부드러워 서로를 아파하지 않고
분쇄되는 중이다

찻잔은 고요하고 입김을 바라지 않으며 차분히 식어가는
중이다
무릎 위에 작은 머리를 하나 앉히고 쓰다듬는 여자를 본다
아이는 울다 지쳤고 제 얼굴보다 슬픔이 커
흐르는 눈을 감아야 했다
눈을 처음 봤다는 남자가 주머니 가득 담으려던 마음을

헤아리면
　물은 탁하고 바지를 적시며 벌컥 마시지 못한다
　머리맡의 베개만이 내 무릎을 베고 자던 날이 많았다
　해진 무릎을 안고 저물어가곤 했다
　하루가 모두 닳아 만질 것이 없었다
　주인의 죽은 손을 핥다 끝내 하늘을 보던 늙은 개도 그
랬다
　당신은 해야 할 말이 있다고 했다

　원두처럼 단단한 아침이다
　도무지 내일이 살아질 것 같지 않아, 어디에 뒀지,
　어제 버린 약
　벌써 지겨워요, 무엇이
　나를 달래겠어요, 내가
　무엇을 달랠 수 있을까요,

　입술은 녹지 않고
　커피를 머금고서
　꿈을
　마시지 않는다

　내버려둬요, 제발
　가만히 두지 말아요

원두는 입술이 가진 채
영원히 말하지 않는다
당신은 해야 할 말이 있다고 했다

결벽

잡목이 우거진 아침, 너는 새의 이름을 몰라 난처했고
새는 울기만 했다
우는 일? 안개가 저물면 눈이 부시겠지, 나는
가시 없는 나무를 꺾어 너의 무릎을 찌르고
모르는 것에 체념한 너는
높은 나무의 보이지 않는 둥지를 바라보고 있었다

손가락에 점이 있네, 예술가의 점이야
네가 말하면서 내 손에 들린 나무 끝으로
빛이 내려준 세상을 어지러이 휘젓는다
예술가는 좋은 거야? 내가 묻자
사랑하기 어려운 거야? 너는 되물었다 아무렇지 않게
하늘이 노랗고 빨갛게 금세 어두워지면 좋겠다
참아낼 게 많은 얼굴과 더는 참아낼 게 없는 풍경 속에서
말을 멈추면 어디가 병나, 너는 말을 맺고
멈춘 길에서 걸어온 길을 돌아보며 너도 불쌍한 년이고,
나도 불쌍한 년이라던 엄마의 등짝을 쓸어주고 있을까,
아무래도 좋으니 눈을 감는다

태어나기를 얼어붙은 나무여서
붉으나 불이 없다는 너의 사주에게
푸른 잎이 소화되는 일처럼
검게 그을린 나무를 하얗게 씻기는 건

내려와 적시는 것
한때 따뜻했다는 어떤 것이라 해도
너는 믿지 않는다
진심이라면 눈앞에 보이라며 손바닥을 펼쳐 보인다
뿌리가 보이는 나무 같아, 뿌리가 보이는 나무는
이미 죽은 나무 같아서
손가락을 천천히 접어주었다
희망의 주인은 오직 희망이어서
결국 뒤척이다 떨어지는 꿈의 주변에 내가 있다
나는 산 채로 잠시 죽어서
벌레 먹은 잎 속에 담긴 벌레의 입 모양으로
살아지지 않을 꿈을 헛되이 깨물고 있다

백로가 내려앉은 나무마다 검더군요
마치 타죽은 것처럼
백로들이 다녀갔다는 나무들의 군락지를 보며
그처럼 하얀 것들이 생명을 죽이고 떠난 저물녘 국도에서
죽은 일이 보이지가 않았다
침대를 바라보다
어쩌자고 옆에 없는 사람이
하필 죽은 것처럼 믿어져서 이불을 두드리던 날도 있다
죽고 싶다던 너는
어떤 희망을 사랑하기로 했던가

나 없으면 너
정말 죽을까, 태초에 세상을 만든 사람의 자세로
내게 눈빛을 내려줄 것만 같은 아침이다

그것을 보고 있자니 예술,
예술이다 예술, 나는 크게 떠들며
말없이 우는 소리를 내야 했다

안간힘,
마지막 한
인간의 힘으로
지저귀고 있었다

수리중

공중화장실에 앉아 전화를 기다린다는 사람들의 사연을
읽는다
　더러운 변기에 앉아 전화 받지 않는 사람의 생각도 얼핏
　천장을 보면 누런 고드름과 먼지 덮인 전구색 등
　천장의 누수가 천장의 누전으로 천장의 박살이 천장의 조
각남으로
　바닥에 내릴까, 빛과 어둠이 멈춘 화장실을 생각하며
　지구는 둥그니까 지구는 둥그니까 자꾸
　걸어나가면…… 마저 적지 않은 말이 노래를 멈추게 한다

　귀신이 입김을 분다고 믿는 너와 차가운 변기에 대해 말
하던 겨울
　공원 벤치에 앉아 화장실에 들어간 사람과 나오는 사람
의 수를 세면서
　가끔은 너도 마음에 없는 게 있지? 보았다 입술이 예뻐
　약으로 만들어 바르고 싶었다 그래서 계속 병들면 좋겠
지, 생각하다
　고개를 끄덕여 보였다 편지를 찢고 고개를 저으며
　좋아하는 사람이라고
　그랬다 너는 마음에 있는 게 없는 것같이 굴면서
　사람 있어요, 문 앞에 멈춘 사람은 신경이 끊긴 것 같다
　크고 끝없이
　사람 있어요, 옆방에도 있다는 사람

방을 나오면 아무도 없는 사람

수리중

문 앞에 팻말이 걸려 있었다

울고 싶다는 사람 몇은 사연 뒤에 날짜를 꼬박 적었다

이름은 없다

오직, 사랑하는 사람만이 이름을 적는다

어린이날

안도했지
내가 나와 같아서
눈, 코, 입과 그리고 귀
깜빡이는 것들이 단단해졌어
욕심이 많거나 가난한 아이
너에게 준 것을 나에게도 줘야 우리는
친구란 말이지
나도 너를 좋아해

주머니에 넣고서 우리가 닮았니?
녹는 줄도 모르게 사탕을 빠는
손등을 쓸어내리며 생각했어
없는 것을 녹이려다 갖게 되는 절망을

거짓말을 노려보면 네 코가 작고
철조망을 흔들다 가시를 알게 되는 사이
날카로운 눈썹과 마름모의 입술들
어쩌자고 아직 나를 좋아해?

닮은 것도 싫고 다른 것도 소용없다니
주머니에 없는 사랑이 도무지
알 수 없는 사탕이 될 때까지만
책상에 앉아 책상의 절반에 실금을 긋고

서로가 있다고 믿자

두려웠어
썼다 지운 말을 들킬까봐 자꾸
자꾸만 속삭이고 있었지
내가 나를 망쳤어
울 때마다 고자질을 했어

진오기

죽은 이의 관을 닫고서야 흔들리는 춤이라 하니
가는 이에게 말하라는 주문을 읽고
신을 벗은 여자가 칼 들어 허공을 일으킨다
무명천을 따라 떠가는 배야
남쪽 바다를 두고 발가락을 적시는 새도 있다
물결이 없으니 천을 흔들고
바람을 털고 일어나는 주인 잃은 깃털 위에 귀신들이 달
려 있다
오방색의 현혹과 사람을 내려치는 무당의 천
종소리는 맑고 버선발의 무당이 죽은 이를 모방하는 곳
부리를 땅에 내리면 하늘은 높고 코가 맵도록
둥지를 털면 어미 잃은 갓난이
꼭, 꼭, 머리에 짓이겨 새긴 가느다란,
입술을 굳게 만든 외면만이 부리를 가졌구나

혼, 말로 하려다 입가만 적시는 잠
맑게 언 바다를 깨우는 새하얀 빛처럼
무당의 걸음은 물길을 열고 조상의 울음을 태웠다 하는데
막배라는 호령에 맞춰 북이 울리고
칼을 부딪치며 활자를 맞추는가,
엄마, 엄마아―
늙은 아비의 어린 조상을 태우고 간다는 말에
엄마는 머리가 둥근 배 한 척을 그렸다

붉은 이마가 한없이 막막해질 때까지 엄마라는
이름의 신세를 빌려 벗겨진 신이 주인을 찾고
춤을 거두는 굿당

막배가 떠나기에 앞서
밥상이 들어오고
산 입에 밀어넣는 노잣돈처럼
여럿이 한데 모여 숟가락을 든다
밥알을 자꾸 흘리는 어린아이
신복을 입은 무당의 입꼬리가 살짝,
숟가락을 올리고는 다시
내려놓았다
내년이면 학교에 간다는 계집아이를

첩의 딸

마을의 개들이 하나둘 잡혀가고 있었다
이웃은 며칠째 음식을 담아온 접시를 가져가지 않는다

오월의 마디가 뚝뚝 부러지면 대나무 하나 꺾어
칼싸움을 했다

늙은 잎도 푸른 잎도 한 방 칼날에 베어지는 마당
간신히 살아 있는 개들만이 땅을 파고 주둥이를 숨겼다
집 나간 언니들 대문을 밀치고 들어와 엄마, 엄마 하며
힘 좋은 사내들에게 두들겨 맞았다

우물 안으로 목을 내밀면 머리 검은 짐승이 하나둘,
목을 맨 자리마다 시점이 달랐다

비가 오는 날은 마당을 쓸었다
물결 속에 떠가는 빗질은 목 없는 인형
꾸역꾸역 대야에 이마를 눌린 채 멱을 감았다

울음이 마를수록 매운 것이 그리웠다
맴맴 시린 발목을 잡고 앉으면,
몸을 씻기는 계모의 하얀 손

피 맺힌 회초리가 부러지며 무릎이 죄를 꿇고

소매를 걷은 계모가 뺨을 때리며
바지를 벗겼다

가려운 뿔을 가진 염소들과 건초에 눕는 밤
피 맺힌 종아리를 핥으며 쭛쭛 가여운 년,

심심한 건달들은 대낮에도 찾아와 고기를 문간에 엮었다
분칠한 어린애가 헛간을 가리키며
손을 벌리면

나풀대는 치마가 내 것이었다

호랑이꽃

호랑이꽃은 참나리, 여러해살이 식물로 시골집 마당에도
폈다
병색이 짙은 할머니를 요양병원으로 모시고 할아버지와
대청에 앉아
바라보던 이름, 대가리에 대롱을 달고 파꽃이 쓰러지는
여름이었다
감나무 가지가 크고 억세다며 집을 비운 며칠 새 옆집 이
장이
나무를 베었다는 앞집의 교수 부부가
담 너머에 나란히 서서 그릇에 담긴 포도를 건넨다
할머니의 안부를 묻는 부부에게 공연히 손짓만 할 뿐
할아버지는 부지런히 말수가 적고 가볍게 묵례하는 것은
나였다
밑동을 사납게 도끼질한 그는 무슨 심정으로 나무를 때
렸나,
예쁜 꽃이야, 그럴 리가 없는데 예쁜 일이 눈에 달린 말
을 듣고서
남골당 입구에서 풀을 꺾던 할아버지의 오촌 조카라는
이장
그와 같은 무덤에 아버지를 두긴 싫다고
예쁜 꽃을 보는
나의 조상에겐 말하지 않았다

포도씨를 뱉으며 포도알을 삼키며 퐁퐁해, 나도 모르게 뱉는

그 말의 식감이 새로 배운 꽃도 죽어갈 감나무도 포도씨를 삼키는

할아버지도 아닌 대가리에 대롱을 달고 쓰러질 듯

파꽃을 보게 하는 할머니의 말

죽어, 죽여, 하나의 말 같기도 한, 둘의 말

황달이 짙은 엄마가 딸의 머리채를 잡고 살려달라 악쓰던 병실에서

세상 퐁퐁하다던 당신의 얼굴이 내 얼굴을 부비며 형의 이름을 말했다

포도씨를 뱉으며 포도알을 삼키며 낮은 그늘을 따라 사방으로 늘어진

파꽃을 보았다 몰락한 가계의 벗겨지지 않는 왕관들 족보에서나 찾는

고관대작들, 그것이 우습게도 고깔을 뒤집어쓴 조상들 같다 여기면

형의 이름으로 나를 보던 할머니의 눈밭에

이토록 예쁜 새끼, 내 새끼 그 처연한 눈망울을 꽃으로 놓아둘밖에

달리 내겐 방법이 없다

딸이 보고 싶다는 엄마에게 곧 오실 거라는 의사에게
둘 모두의 바람처럼 미소 짓는 딸에게도
갓 돌이 지난 딸이 있다고 했다 어린 딸의 그보다 어린 자
식을 위해
병실 가족 모두가 함부로 말하기 시작한 죽음에 의해
환자는 죽었다 그녀가 어떻게 살아갈 수 있을까,
귀를 세우면 하얗게 덮인 병실이어서
면역도 오염도 없는 방 안이어서
그녀는 순수한 마음으로 죽었을 것이다

할머니가 죽고 보름이 채 되지 않아
할아버지도 죽었다
둘은 납골당에 갇혀 영원히 죽어진 채로 있다
엄마, 미안합니다
허리 병이 든 아버지가 계단에 털썩 주저앉아 하는 말
나는 짐짓 모른 체 술을 따르고 첨잔을 하고
납골당 주위에 술을 부으며
고귀순 할머니가 고귀순이라고 적던 한글 공책을 생각한다
아버지와 형, 어머니 이름 하나씩 동그라미를 그리고
그 주위에 구름을 두르면
꽃이라도 될는지,
내 희디흰 이름에 폭폭 눈이라도 왔으면 했다

매번 져주던 사람의 이름이 지독히 기억나지 않던 밤
그렇게 살지 말라는 전화와
어떻게 지내냐는 문자를 받았다

매번 지려고 하는 짓
그 몸짓의 애쓰는 마음이
꽃의 말이라 한다

해설

상실 이후

고봉준(문학평론가)

시집의 첫 페이지를 펼치면「봄눈」이라는 시가 나타난다. 이 시에는 한밤중에 "책상이 다 뜨거워지도록" 열심히 "빈 종이만 쓰다"듬고 있는 인물이 등장한다. "며칠을 밤새 중 얼거리다 울고 말았을" 것 같은 그는 자신을 "밤중에 빗을 든 사람"이라고 소개한다. 숱한 불면의 밤을 빈 종이만 붙들고 있는 그에게 무언가가 쏠려왔다가 이내 여리게 밀려난다. 봄이 왔음을 알리는 봄비 소리일까, 아니면 계절의 변화를 시샘하는 봄눈 소리일까? 이 모호한 계절과 시간을 배경으로 사내는 마음을 간신히 추스르고 있다. 그에게 이 시간은 "줄곧 살아냈으나 끝끝내 사라지지 않을 늦밤" 같은 것이다. 사내에게 '밤'은 "살아냈으나" 결코 "사라지지" 않는 시간이다. 사내에게 삶은 "살아질 것 같지 않"(「원두를 보는 아침」)은 미래를 향해 흘러가는 시간, "살아지지 않는 시간"(「나는 최근에 운 적이 있다」)을 견디는 일, 그리하여 숱한 '죽음'의 시간을 통과하면서 살아내는 것이다. 한계를 넘어 '살아내는 것'과, 그럼에도 결코 "사라지지" 않는 시간 사이에서 오병량의 시는 시작된다. 그에게 시는 '살아지지/사라지지' 않는 시간의 경험이므로 "어미의 혀가 아이의 눈을 핥는다"(「봄눈」)라는 것은 곧 울음을 달랜다는 말일 것이다. 이 시집은 빈 종이를 쓰다듬으며 밤새 눈물을 흘리는 한 사내의 참혹한 내면에 관한 이야기이다.

　오병량의 시에는 '죽음'을 그린 이야기가 자주 등장한다. 시집의 책등을 잡고 흔들면 부스스 소리를 내며 '죽음'이라는 단어가 떨어져 내릴 정도로 죽음의 모티프가 많이 나온다. 할머니, 할아버지, 아이들, 새, 소녀, 돼지들, 권투 선수, 형들, 어른들, 아저씨들, 고래들, 친구의 아내, 늙은 아비의 어린 조상…… 화자를 둘러싸고 있는 이 존재들이 모두 죽은 것으로 등장한다. "너 모르지? 내가 사랑하면 죽는 거"(「대홍수」)라는 화자의 주장은 결코 과장이 아니다. 오병량의 시에서 '죽음'은 생명의 소멸이라는 단순한 사건으로 그치지 않는다. 그것은 세계에 대한 화자의 감각, 심지어 수사(修辭)까지 지배한다.「묻다」의 화자가 욕실에 누워 있는 벌레를 "죽은 물처럼 얌전한 얼굴"이라고 인식하는 장면, 그리고「편지의 공원」의 화자가 유년기의 자신을 "죽은 공" 같은 존재라고 소개하는 장면이 그렇다.

오병량의 시에서 사물과 세계에 대한 화자의 감각은 대체로 '죽음'이라는 사건을 경유한다. 하지만 이 무수한 죽음이 공포나 두려움, 혹은 인간 존재의 유한성을 환기하기 위해 동원된 것은 아니다. '죽음'은 사실상 모든 페이지에 흩뿌려져 있으나 그것은 시인의 직접적인 관심사가 아니다. "줄곧 살아냈으나 끝끝내 사라지지 않을 늦밤"(「봄눈」)처럼 오병량의 화자들은 그저 죽음과 더불어, 죽음 속에서 살아갈 뿐이다. 그들에게 죽음은 세상을 가득 채우고 있는, 이해할 수 없는 사건이지만 부정하거나 외면할 수 없는 상수(常數)이다. "아무 일도 일어나지 않았는데 이미 끝나버린 아침 같았다"(「원두를 보는 아침」)라는 말은 이러한 세계의 불모성에

113

서 비롯되었을 것이다. 이 세계에서 오병량의 화자들은 유년기를 보내고, 성장하고, 마침내 어른이 된다. 그의 시에서 '죽음'이 비극적이지 않은 이유는 죽음 자체가 너무 일상적이기 때문이다. "불행이 많이 모이면 이토록 평범해진다"(「자매결연」)라는 진술은 '죽음'에도 적용된다.

　그애의 집은 학원 앞에 있었다. 자식이 하나뿐인 독자라는데 누나가 둘이나 됐다. 어느 볕 좋던 날, 그애는 죽었다. 우리가 껌을 자주 훔치던 슈퍼 집 아들은 개천에서 놀다 죽었다. 장마로 수위가 높아진 개천에서 스티로폼을 타고 가다 익사한 어린이는 뉴스에도 짧게 나왔다. 아빠는 숟가락으로 내 밥그릇을 때리며 그랬다. 놀지 마! 놀지 않았다. 그애와는 체육복이 달랐다. 신발주머니를 항상 바닥에 끌고 다녔다. 더러워진 주머니를 매일 그의 아버지가 털어주었다. 누나도 자상한 아버지도 없는 우리들, 2남 중 차남들. 겁쟁이다. 누가? 볕이 드는 오후의 교실, 교각 아래서 개구리가 몹시 울던 여름이었다.

　(……)

　너 몰랐어? 그런 얘기로 친구와 술을 먹는 밤. 개천이 훤히 보이는 포장마차에서 근데 넌 어떻게 살았냐? 친구는 묻고 같이 살아서 죽은 애를 말하다 그애가 흘러간 개천 위에 오줌을 눈다. 이 더러운 물에 청둥오리도 살아!
어머니가 돌아가시고 아버지는 단걸 좋아하는 것 같아.
그래? 너 그거 기억나? 그 누나, 그애의 큰누나가 예뻤다
고…… 그래서? 사이렌 소리, 멀리 들린 것 같은데 나와
관계없는 육성 같은데 친하게 지내! 우리 둘을 악수시키
던 그애의 큰누나는 맑은 비누 냄새가 났지. 먼저 가, 서
로의 등을 떠밀고 다음을 다음에게까지 양보하며 각자의
집으로 우리는 가고 있는 거니? 가끔 모르는 사람이 죽었
다고 생각하면 사이렌이 멈추고 차가운 비가 하나둘 떨어
지는 개천을 따라 걸으며 진짜 견디는 것을 영영 말하지
는 않을 것 같아 다만, 살아 있다는 게 놀라운 것처럼 그
날의 구청 공무원들처럼 그 죽음은 당신들 몫이라며 안도
하고 싶다고, 줄곧 우리는 살아내야 하니까, 하는 생각으
로 크고 긴 빗줄기가 내릴 때

산 사람은 살아야지, 하면 내 가련한 육신 아래 세상 가
장 가벼운 스티로폼 하나 뜨고 내 손마디에 뼈 없는 수수
깡 하나 들려 있는 듯한데, 무덤 속의 병정처럼 나는 지킬
것이 있는 것도 같고 무엇일까? 살인자의 심정으로 개천
을 걸으며 산 사람, 산 사람을 두려워하며 너의 병든 하늘
색 운동복을 빨랫줄에 널던 큰누나는 목을 걸었지. 그 여
자가 너의 누나. 철 계단을 오르며 교복 치마를 자꾸 내렸
는데, 너 모르지? 내가 사랑하면 죽는 거, 이루지 못하면

내가 죽이는 거, 나는 피식 웃고 죽은 이름을 세어보았다.
—「대홍수」 부분

　유년 시절, 한 아이가 죽었다. "우리가 껌을 자주 훔치던 슈퍼 집 아들"이 개천에서 스티로폼을 타고 놀다가 익사하는 사건이 발생한 것이다. 아이가 죽자 "그애의 아빠가 아는 형을 때리며" 울었고, 침수 지역의 아이들은 '학원'에서 그저 열심히 문제를 풀었다. 한동안 "본드나 불고 돈이나 뺏는 저 형"과 "그애의 작은누나"에 얽힌 소문이 떠돌았다. 하지만 "호남인지 경북인지 슈퍼의 이름은 흔한 것인데도 어쩌다 떠올리면 그애의 이름마저 도무지 찾아지질 않았다"라는 화자의 말처럼 타인의 죽음은 쉽게 잊히기 마련이다. 게다가 "어떤 시체는 죽은 그애처럼 개천 위에 있었다"라는 진술처럼 침수 지역에서는 '죽음'이 그저 반복되는 일상일 뿐이다. 반복은 모든 것을 무감각하게 만든다. 사건 역시 반복되면 더이상 사건이 되지 못한다. 어느 날에는 개천에 시체가 떠오르자 구청 공무원들이 나타나 시체를 두고 관할과 경계를 따졌다. 이곳에서의 죽음은 슬픔의 대상이 아니라 행정의 영역이다. 그렇게 시간은 무심히 흘렀고, 아이들은 훌쩍 자라서 어른이 되었다.
　지금 화자는 "개천이 훤히 보이는 포장마차"에서 오랜만에 만난 친구와 술을 마신다. 서로의 안부를 묻는 것으로 시작된 대화는 '그애'의 죽음에 얽힌 옛이야기로 흘러간다. 그

리고 이들은 "그애가 흘러간 개천 위에 오줌"을 눈다. 어느
덧 시간이 흘러 두 사람은 각자의 집을 향해 발걸음을 옮긴
다. 오래전에 '그애'가 빠져 죽은, 아니 '모르는 사람'이 여
럿 빠져 죽은 개천을 따라 걷다가 화자는 불현듯 "진짜 견디
는 것"에 대해 생각한다. 이 순간 화자의 내면 상태는 명확
하지 않다. "살아 있다는 게 놀라운 것"과 "그 죽음은 당신
들 몫이라며 안도하고 싶다"라는 마음이 뒤섞이고, "우리는
살아내야 하니까"라는 생각과 "산 사람은 살아야지"라는 마
음이 머릿속에서 복잡하게 뒤엉킨다. 분명한 것은 '그애'의
육체와 생애는 개천으로 흘러갔으나 그 아이에 대한 시인의
기억은 시간이 흘러도 그날 그 자리에 머물러 있다는 사실
이다. 이처럼 오병량의 시에서 '죽음'은 '죽은 자'와 '산 자'
라는 존재론적 분리 상태를 발생시키며, 후자는 남겨진 자로
서 그 죽음의 흔적을 껴안고 살아간다. 그의 시에서 '산 자'
는 죽음 이후의 시간을 살아내야 한다는 점에서 '남겨진 자'
라고 말할 수 있다. 「대홍수」의 화자 또한 집으로 돌아가면
서 그런 자신의 운명을 떠올린다. 그리고 마침내 빨랫줄에
목을 걸고 죽은 '그애'의 누나를 생각하면서 "내가 사랑하면
죽는 거"라고 생각한다.

　오병량의 화자는 애도와 우울증의 경계에 서 있다. 일찍
이 프로이트는 상실에 대한 반응을 애도(Mourning)와 우
울증(Melancholia)으로 구분했다. 그에 따르면 애도는 사
랑하는 존재, 즉 대상에 쏟았던 생의 에너지를 정상적으로

회수함으로써 상실의 충격에서 벗어나는 것이다. 애도는 대상의 상실을 인정함으로써 완결된다. 반면 우울증은 사랑하는 대상이 더이상 현존하지 않는다는 사실을 받아들이지 않는 것, 나아가 상실의 원인을 자신에게서 찾으려 하는 태도이다. 애도의 주체가 누군가를 잃은 존재라면, 우울증적 주체는 누군가를 잃음으로써 자기 자신을 잃은 존재이다. 그래서 누군가를 애도할 때 인간은 세상이 공허하다고 느끼지만, 우울증에 빠지면 자기 자신이 초라하고 공허하다고 느끼게 된다. 우울증적 주체는 자신이 무엇을, 왜 상실했는지 알지 못하므로 시간이 아무리 흘러도 애도를 완수할 수 없는 것이다. 오병량의 화자들이 타인의 죽음을 대하는 태도가 그렇다.

친구의 아내가 죽고 나는 그의 아이와 눈 맞추기 싫다
부지런한 엄마가 너를 많이 닮아서
젖은 식탁 위에 놓인 눈이 스르르 쏟아질 때도 있다
매년 기일에 아저씨는 꽃을 사 들고 네 엄마 묘지에 가서
운다 네가 크고 여전히 사연을 모르고 엄마는 끝내 돌
아오지 않는다
아저씨는, 아내가 없고 자식이 없어 더 아프지도 못할
거야
하지만 아프기 위해 사람을 만드는 건 아니니까, 슬픈
사람으로

네 손가락을 받을 거야

어린 너는 이미 안다 약속은 돌아오지 않는 사람에게나 붙이는 이름

검독수리, 딱새, 크낙새, 솔부엉이는 멸종되고 없다 있지만

조금밖에 없다 멸종은 잘 보이지 않거나 이제 보일 수 없다는 거야,

하지만 너는 어제도 봤다며 새의 위치를 정확히 펼쳐 책을 보인다

새는 안전하다 박제된 새는 모든 게 멈추어 책을 입고 있다

그럼 그 많던 새들은 대체 어디로 갔을까, 창밖은 맑고

맑기에 보이는 것이 없는 색이다 하늘색은 슬픈 색이네,

혼잣말을 부르면 저기요, 하고 그곳에 손이 닿지만

그럼에도 보이는 색은 네가 만든 색이니?

없는 새가 보이는 색을 생각했다

색이 없어 멸종한 새가 있을까?

의자에 앉아 거실 중앙에 박힌 가족사진을 본다

누군가 내 머릿속에 들어앉아 의자를 아무리 빙빙 돌리어도

생각이 멈추는 자리에 그런 사진은 없다

너와 네 아빠가 나란히 웃고 있다
아까 우리가 무슨 얘기로 흥겨워했지?
아, 맞다 그런 적이 계속 없었다
우리는 웃고 있나?
아니라면 우리는
오래 없는 사람이 생각나니까
　　　　　　　　　　—「새들이 노는 아지트」부분

　오병량의 화자들은 '상실'에 붙들려 있다. 이들은 상실 이
후의 시간을 산다. 이들이 상실을 앓는 까닭은 대상의 부
재나 상실 자체를 현실로 받아들이지 못하기 때문이다. 가
령「국수의 맛」을 보자. 화자는 엄마와 함께 '국수'를 만든
다. 그러다가 이야기가 '간장'에 이르자 화자는 불현듯 "재
작년 봄까지는 돌아가신 할머니 장독 것을 썼"다는 사실을
떠올린다. 이렇게 시작된 할머니에 관한 생각은 "이제 엄
마에게서 죽은 할머니는 무심한 맛인가,/ 그 폭폭한 마음
을 받쳐 창밖만 볼밖에/ 오직, 아무런 할일이 없다/ 나는"
이라는 진술처럼 화자를 무력한 상태로 데려간다. 할머니,
즉 엄마를 잃은 엄마의 마음은 "폭폭하다는 고향 말" 외에
는 어떤 것으로도 표현할 수 없기에 화자는 눈 내리는 '창
밖'을 바라볼 따름이다. 이 시에서 죽은 할머니는 '상실'의
표상이다. 화자는 그 상실감에 사로잡혀 일상적인 질서를
빼앗긴다. 그에게는 상실의 주변을 맴도는 것 이외에 어떤

것도 허락되지 않는다.

「새들이 노는 아지트」에서 이 상실은 "친구의 아내"의 죽음에서 촉발된다. 친구 아내의 죽음은 일반적으로 실존적인 상실이라고 말하기 어렵다. 하지만 "매년 기일에 아저씨는 꽃을 사 들고 네 엄마 묘지에 가서/ 운다"라는 진술처럼 화자와 친구의 아내가 특별한 관계라면 사정이 다를 수도 있겠다. 이 시에서 아이는 "엄마는 끝내 돌아오지 않는다"라는 사실을 모르고 있는 것처럼 보인다. 화자는 그 '사연'을 알지 못하는 아이와 마주앉아 멸종된 동물에 관해 이야기를 나눈다. "멸종은 잘 보이지 않거나 이제 보일 수 없다는 거"라는 화자의 주장과 "어제도 봤다며 새의 위치를 정확히 펼쳐 책"을 보이는 아이의 이야기로 구성된 대화는 상실의 슬픔을 한층 무겁게 만든다. 슬픔은 항상 무겁다. 슬픔이 무거운 까닭은 슬픔(grief)이라는 단어가 무겁다는 뜻의 중세 영어 'gref'에서 유래했기 때문이라는 글을 읽은 적이 있다. 화자는 새의 멸종에 관한 이야기를 나누다가 불현듯 창밖의 하늘을 본다. 거기에는 구름 한 점 없이 맑은 하늘색이 펼쳐져 있다. 그런데 화자에게 맑은 하늘색은 '슬픈 색'이다. 왜냐하면 거기에는 '하늘(색)' 이외에 다른 것, 가령 하늘을 유영하는 새나 무심코 흘러가는 구름 같은 것이 없기 때문이다. 투명하게 맑은 하늘은 사실 '새'가 멸종된 이후의 슬픈 하늘인지도 모른다. 이러한 발상법은 "근데 날라간다고 말하면, 좀 슬프지 않아"(「국수의 맛」)라는 진술과 유사하다. 국수의 다시물을 만드는 과정에서 비린내가 '날라가는' 것은 바람직한 현상이다. 하지만 "죽은 할머니"를 마음에 묻은 채 살고 있는 「국수의 맛」의 화자에게는 '날라가는' 것이 슬픔의 정념을 불러일으킨다. '날라가는' 비린내가 그렇고, "눈이 날리나, 날아가나?"라는 표현처럼 창밖에서 날리고 있는 눈이 그렇다. 그에게 날아간다는 것은 곧 사라진다는 뜻이기 때문이다.

세상에는 현존하지 않으면서도 누군가의 마음을 붙드는 것들이 많이 있다. 이 시에서는 아이가 펼친 책에 "박제된 새"와 "거실 중앙에 박힌 가족사진"이 그것들이다. 그런데 '가족사진'은 실재하는 대상일까? "누군가 내 머릿속에 들어앉아 의자를 아무리 빙빙 돌리어도/ 생각이 멈추는 자리에 그런 사진은 없다"라는 진술에 따르면 거실 중앙에는 '가족사진'이 없다. 가족사진은 없고, 가족사진이 있다고 생각한 자리에선 "너와 네 아빠가 나란히 웃고" 있다. 이 장면에서 "아까 우리가 무슨 얘기로 흥겨워했지?"라는 진술은 상념에서 현실로 넘어오는 문턱이다. 이것은 화자가 애도에 실패하고 있다는 증거이다. 그는 현실에서 부재하는 대상, 즉 죽은 "친구의 아내"와 "가족사진"을 본다. 그의 현재는 과거에 의해 지배되며, 그는 현실에서 계속 부재하는 대상을 발견한다. 이것은 가슴 아픈 이별 이후에 애도에 실패한 인간이 헤어짐이 남긴 '흔적'에 집착하는 현상과 같다. "우리는 웃고 있나?/ 아니라면 우리는/ 오래 없는 사람이 생각나니까"라는 말처럼 화자에게 '웃음'은 애도의 실패가 초래하는 감정의 혼란을 일시적으로 봉합해주는 완충장치 같은 것이다. 화자에게 '웃음'은 "없는 사람이 생각"나지 않도록 막아주는 심리적 방어기제이다. 이 시의 제목이 '새들이 노는 아지트'인 까닭도 이와 무관하지 않다. 여기에서 '새들'은 멸종한 생물, 그러니까 부재하는 대상이다. 그런 새들이 "노는 아지트"란 결국 오랫동안 헤어짐이 남긴 흔적 주변을 맴도는 기억/상처의 세계를 가리킨다.

하늘은 붉고 가끔 어둡고, 그 빛에 물들면 금방이라도 아플 것 같은 나의 여자는 별말이 없다. 생각나? 할머니가 그랬잖아. 네 엄마는 죽다, 살았어. 그런 사람은 오래 산다고…… 폭폭허던 봄날로부터 그 생생한 사투리는 죽었다. 이십 년도 더 됐지. 나는 이따금씩 딸기밭에 앉아 오줌 누는 소녀를 본다고 싱싱한 딸기를 든 여자에겐 말하지 않는다.

(……)

그새 서녘은 여자의 얼굴 위에 앉아, 찬찬히 흘러간다. 붉게 패인 자리 하나하나마다 곰곰한 밥풀의 흔적이 남은 여자여! 분명한 나는 너의 웅덩이 하나, 아늑한 아궁이 한 켠이거나 싱그러운 딸기의 꽃씨이니 어느 저녁이라도 우

123

리는 꼭 만나게 될 거야,

약속은 자물쇠가 채워진 서랍 속의 연필처럼 요란한 소리를 낸다.

그러나 어느 날은 무턱대고 아주 오랜 일이 꺼내진다.

꺼낸 것이 영원히 해동되지 않은 채로 살아진다.

있잖아, 엄마…… 모든 것이 멈춰져서, 목숨을 기다리는 생명처럼, 열꽃 속의 갓난아이처럼 내가, 어린 날의 널 보면…… 마마, 눈물이 휘는 병을 앓았구나, 무서운 생각을 펼치다 여자와 눈이 맞는 길에 나는 있다.

물컹물컹한 저녁 길을 함께 걷는 중이다.

　　　　　　　　　　　　　　　　　　—「딸기와 고슴도치」 부분

이 시에는 두 개의 시간이 등장한다. "딸기밭에 앉아 오줌 누는 소녀"가 지시하는 과거, 즉 오래된 시간과 "싱싱한 딸기를 든 여자"로 표현되는 현재의 시간이 그것이다. 화자는 현재라는 시간에서 엄마로 추측되는 '여자'와 함께 딸기를 고르고 있다. 그런데 이 현재의 시간은 오래전에 죽은 "생생한 사투리"의 주인, 그러니까 할머니의 이야기가 등장함으로써 서서히 균열된다. "주인 잃은 철모와 초록의 군복들", 그리고 여자의 엄마가 우물가에 버려둔 "곧 죽을 딸애"가 등장하는 할머니의 이야기는 오래된 시간의 세계에 속한다. 화자는 죽다가 살아난 여자의 얼굴에서 "죽창으로 서로의 얼굴을 짓이기던 시대"의 흔적을 발견한 적은 있지만 정작 자신이 여자를 안아본 기억이 없다는 사실을 깨닫는다. 화자는 그런 여자에게 "가난한 남매의 역경"에 관해 질문하지만, 여자는 "봐야 알겠지"라고 건성으로 대답한다. 화자는 과거의 사건에 의미심장한 가치를 부여하려고 하지만 여자는 "사는 건 다 똑같다"처럼 과거에 대해 무관심하다. 화자에게 시간은 두 겹으로 이루어진 세계이지만 '여자'는 시간의 층위에는 그다지 관심이 없다. 반면 "어느 저녁이라도 우리는 꼭 만나게 될 거야"라는 화자의 예언에는 오래된, 현전하지 않는 시간에 대한 욕망이 함축되어 있다.

이 시에서 화자의 욕망은 현재의 여자가 아니라 과거의 여자, 그러니까 "딸기밭에 앉아 오줌 누는 소녀"와 "어린 날"의 너에게 맞춰져 있다. 따라서 '만남'에 대한 화자의 기대는 현재가 아니라 과거에 관한 것이다. 화자는 현재의 시간에 속해 있으면서도 반복적으로 과거의 시간을 본다. 가령 "열꽃 속의 갓난아이처럼 내가, 어린 날의 널" 보는 것이 그것이다. 그런데 이런 사건은 현실에서 발생하지 않는다. 따라서 "그러나 어느 날은 무턱대고 아주 오랜 일이 꺼내진다./ 꺼낸 것이 영원히 해동되지 않은 채로 살아진다"라는 화자의 이야기를 불가능한 꿈이라고 말할 수도 있다. 하지만 우리는 종종 오래전의 일들이 "두고 온 우산 생각"(「나들목」)처럼 불현듯 떠올라 그것에 마음을 빼앗기는 사건을 경험한

다. 오래된 시간이 현재로 끼어들지 않는다면 물이 끓는 주
전자 소리에서 "떠나겠다는 말"(「나는 최근에 운 적이 있
다」)을 듣고 우는 일도 불가능하다. 우리는 봄이 지나면 여
름이 오고, 만남이 있으면 이별이 있다는 것을 안다. 하지만
마음의 시계는 일방향적이지 않다. 때로는 오래전의 시간이
도래해 현재의 삶을 장악하는 사건이 발생하기도 한다. 시인
은 이러한 시간의 역전 현상을 "그러나 어느 날은 무턱대고
아주 오랜 일이 꺼내진다./ 꺼낸 것이 영원히 해동되지 않은
채로 살아진다"라고 설명한다. 여기에서 중요한 것은 '꺼내
진다'와 '살아진다'라는 표현이다. 기억이 그렇듯이, 오래된
시간은 우리의 의지와 상관없이 도래한다. 이때 도래, 즉 오
래된 일을 꺼내는 주체는 '나'가 아니다. 마찬가지로 그렇게
등장한 것이 "영원히 해동되지 않은 채"로 우리의 현재를 지
배할 때, '나'는 더이상 삶의 주체가 아니다. 시간, 기억, 슬
픔…… 이것들 앞에서 우리는 우리 자신을 통제하지 못한
다. 그리고 이때 삶은 '사는 것'이 아니라 '살아지는 것'이다.

> 할머니가 죽고 보름이 채 되지 않아
> 할어버지도 죽었다
> 둘은 납골당에 갇혀 영원히 죽어진 채로 있다
> 엄마, 미안합니다
> 허리 병이 든 아버지가 계단에 털썩 주저앉아 하는 말
> 나는 짐짓 모른 체 술을 따르고 첨잔을 하고

납골당 주위에 술을 부으며
고귀순 할머니가 고귀순이라고 적던 한글 공책을 생각
한다
아버지와 형, 어머니 이름 하나씩 동그라미를 그리고
그 주위에 구름을 두르면
꽃이라도 될는지,
내 희디흰 이름에 폭폭 눈이라도 왔으면 했다

매번 저주던 사람의 이름이 지독히 기억나지 않던 밤
그렇게 살지 말라는 전화와
어떻게 지내냐는 문자를 받았다

매번 지려고 하는 짓
그 몸짓의 애쓰는 마음이
꽃의 말이라 한다

—「호랑이꽃」 부분

행복은 추억을 남기지만 불행은 흔적을 남긴다. 오병량의
시는 그 흔적 주위를 무한 공전(公轉)하는 화자의 마음을 표
현한 이야기이다. 타인의 죽음은 왜 '나'의 불행일까? 만일
그 사람이 화자가 자기 자신을 사랑할 수 있게 해준 존재라
면, 그래서 죽음이 그 존재를 잃어버리는 것이라면 얼마든지
가능하다. 「호랑이꽃」은 할머니의 죽음을 기준으로 두 부분

으로 구분된다. 앞부분은 "병색이 짙은 할머니를 요양병원으로 모시고 할아버지와 대청"에 앉아 '호랑이꽃'을 바라볼 때의 이야기이고, 뒷부분은 "할머니가 죽고 보름이 채 되지 않아/ 할아버지"도 죽은, 그러니까 할머니의 죽음 이후의 이야기이다. 이 시에서는 '폭폭하다'라는 시어가 가장 인상적이다. 화자는 고향집 대청에 앉아 포도알을 삼키면서 무심코 '폭폭하다'는 말을 내뱉는다. 그에게 이 단어는 의미, 즉 지시 관계가 아니라 '식감'으로 경험된다. 오병량의 시에서 '폭폭하다'라는 말은 "폭폭하다는 고향 말"(「국수의 맛」)이나 "폭폭허던 봄날로부터 그 생생한 사투리"(「딸기와 고슴도치」)처럼 화자와 할머니를 연결하는 끈이다. 화자는 병실에 누워 죽어가는 할머니를 "세상 폭폭하다던 당신의 얼굴"이라고 명명한다.

시의 후반부는 할머니의 죽음 이후 이야기이다. 할머니가 죽고 얼마 지나지 않아 할아버지가 죽었다. 할머니와 할아버지는 죽은 존재이고 화자를 포함하여 "아버지와 형, 어머니"는 남겨진 존재이다. 화자는 남겨진 사람들의 이름에 동그라미를 그린다. 그리고 자신의 이름에는 눈이 내렸으면 좋겠다고 기대한다. "내 희디흰 이름에 폭폭 눈이라도 왔으면 했다"라며. '폭폭하다'는 '몹시 상하거나 불끈불끈 화가 치미는 듯하다'라는 의미를 지닌 전북 지방의 방언이라고 한다. 하지만 화자는 '폭폭'이라는 단어에서 '눈'을 연상한다. 알다시피 '폭폭'은 눈이 내려 소복소복 쌓이는 모양을 나타내는 부사이기도 하다. 그런데 시의 제목은 왜 '호랑이꽃'일까? '호랑이꽃'은 백합과에 속하는 여러해살이풀인데 흔히 참나리라고 불린다. 이 식물의 꽃말은 '나를 사랑해주세요'이다. 화자는 시의 마지막 부분에서 "매번 지려고 하는 짓/ 그 몸짓의 애쓰는 마음"이 '호랑이꽃'의 꽃말과 같다고 쓰고 있다. '사랑'이란 늘 상대에게 지려고 하는 마음이라는 말은 더 많이 좋아하는 사람이 지는 거라는 어떤 소설 속의 대화를 연상시킨다. 누군가 떠나고 남겨진 빈자리의 주변을 맴도는 화자의 마음, 어쩌면 시인 역시 타인과의 관계에서 늘 지려는 마음으로 살아서 그들의 부재를 이토록 힘겹게 앓으면서 살고 있는 것은 아닐까.

오병량 2013년 『문학사상』으로 등단했다.

─ 문학동네시인선 212

고백은 어째서 편지의 형식입니까?

ⓒ 오병량 2024

─ 1판 1쇄 2024년 5월 29일
1판 4쇄 2025년 1월 27일

지은이 | 오병량
책임편집 | 정민교 편집 | 정은진
디자인 | 수류산방(樹流山房)
본문 디자인 | 유현아
저작권 | 박지영 형소진 오서영
마케팅 | 정민호 서지화 한민아 이민경 왕지경 정유진 정경주 김수인 김혜원
김예진
브랜딩 | 함유지 함근아 박민재 김희숙 이송이 김하연 박다솔 조다현 배진성
제작 | 강신은 김동욱 이순호
제작처 | 영신사

펴낸곳 | (주)문학동네
펴낸이 | 김소영
출판등록 | 1993년 10월 22일 제2003-000045호
주소 | 10881 경기도 파주시 회동길 210
전자우편 | editor@munhak.com
대표전화 | 031) 955-8888 팩스 | 031) 955-8855
문의전화 | 031) 955-2696(마케팅), 031) 955-1906(편집)
문학동네카페 | http://cafe.naver.com/mhdn
인스타그램 | @munhakdongne 트위터 | @munhakdongne
북클럽문학동네 | http://bookclubmunhak.com

ISBN 979-11-416-0071-6 03810

www.munhak.com

문학동네